想要一直做自己喜歡的工作
所以要努力過生活！

米果

13 年不上班卻沒餓死的祕密

米果／著

米果 VS. 史丹利

一個理性規劃，一個隨遇而安，自由人的接案人生．不上班卻沒餓死的祕密

米果 ｜

台南出身，現居台北盆地邊緣。文字工作者，部落客。曾經從事產物保險核保，財經雜誌編輯，短暫的網路媒體從業員。已度過 13 年不上班的日子，不但沒有餓死，還保持旺盛的文字創作能量，繼續做個快樂的文字自由工作者。

史丹利 ｜

文字工作者，部落客。曾任職於出版業。喜歡寫作，也喜歡發掘生活中有趣的小細節，並寫出來與大家分享。素有「旅遊達人」之稱，但最喜歡的職稱還是喬治克隆尼。

二○○五年，米果、史丹利因為著迷於鈴木一朗演出的日劇「古畑任三郎」，而在某個因緣際會下認識。但個性、風格如此不相同的他們，卻都選擇不上班、而且還保持創作的活力。或許，我們能從以下對談，讀出他們沒餓死的祕密：

引言人——莊培園
文字整理——張家綺

沒有預設要成為「不上班族」，卻非常確定自己喜歡寫作

Q 請問什麼原因讓史丹利離開出版業，轉職成為自由工作者？

史丹利：當時還在角川擔任編輯，雖然待了三年多，也沒有表現不好，但例行性太高，一到十月就下意識反應要做溫泉專題、春天必須介紹花季，讓我深感倦怠，沒有做太多設想與考慮就衝動請辭了。中間有段時間沒有上班，但有接一些外稿來寫。後來，米果介紹我進PChome online廣告公司。

米果：剛開始我想介紹史丹利，覺得他來寫文案或做創意一定很讚。他有寫一篇關於到警察局借廁所的網誌，非常有趣，我把這篇文章轉給一個在廣告公司上班的朋友看。朋友在辦公室看到笑出聲來，還一定要挖史丹利進他公司。不過，後來朋友離職了，我就介紹他進PChome online。史丹利要從PC-home離職前，還特地問我可不可以離職。

史丹利：畢竟是米果介紹我進去的。

米果：史丹利很擔心我會覺得他不懂得珍惜別人給予的機會。所以，我常覺得史丹利是外表隨興，但某部分很老派的人。

史丹利：我記得沒做幾個月耶，閃電離職有點覺得不好意思。

米果：後來，我又介紹史丹利進時報出版。那時我們還合作了王建民跟郭泓志的書。

史丹利：結束一年多時報出版的工作後，我開始了接案的人生。

Q 請史丹利分享從上班族變為不上班族的過程。有沒有引起家人反對聲浪？

史丹利：我在離職前，就開始經營部落格，分享生活中有趣的大小事，也在離職半年前出了第一本書。爸媽會反對應該是擔心我經濟不穩定吧。但因為我的事一向都由自己決定。而且，有上一些電視節目，他們還以為我很厲害，所以沒有太多反對。但我從沒預設要以寫作維生，當初開始寫部落格，是因為上班時不能寫想寫的東西。

米果：我接的某些廣編稿，也不一定是我想寫的東西，所以寫部落格的時候，一定「火力全開」，非常過癮！如果想寫的東西沒辦法馬上寫，還會害怕忘記。不過每次史丹利沒工作，我都會急著幫他找，因為他不太有存款。

史丹利：我是屬於有多少錢花多少錢的那種人，不太有存款，而且還有房貸壓力，所以，我開始成為自由工作者的前半年比較難熬，後來有了知名度，接案狀況比較穩定，狀況才好轉。

米果：那會讓你感到很掙扎或難以克服嗎？

史丹利：好像也沒有，因為我滿樂觀的，即使經濟狀況吃緊，只要想到不用上班、可以寫自己喜歡的東西，就覺得滿開心的。

米果：在史丹利還沒從時報出版離開前，我跟他約在公司樓下見面。當時的他整個人是暗的、灰色的，感覺非常不開心。

史丹利：對我來說，工作無論錢多錢少，開心最重要。

米果：雖然上一份工作做得很不開心，但他還是可以苦中作樂，把公司附近古老招牌的故事寫進部落格裡，而且寫得非常吸引人。

史丹利：我對很多事都會充滿好奇，常會從另一個角度解讀，就容易注意到別人忽略的地方。而且還喜歡寫出來與大家分享，這應該是我還能生存下去的理由。

Q 米果在離開職場前，已經有存了一筆錢，讓經濟狀況有了靠山。那史丹利在成為自由工作者之前有做什麼準備嗎？

史丹利：我覺得自己是負面教材，只是想先逃離不喜歡的工作環境，走一步算一步，沒有太多打算。不過，當時我的部落格有不少的迴響，也出了第一本書，經濟狀況也還過得去，而且我是屬於有多少錢，花多少錢的那種人，不會有太多物慾，房貸部分妹妹會跟我一起分擔。

米果：我會成為自由工作者，也是沒有盤算過的。因為才離開上一份工作，都還沒理清接下來的方向，只好先接案讓自己有事情做。雖然沒有很明確地告訴自己，要成為自由工作者的這個過程。不過，我給自己一個心理準備，如果有一天存摺裡的錢不夠負擔水、電、瓦斯，即使再不喜歡的工作也必須要做。為了不要讓那天到來，會鼓勵自己接各類文案工作邀請，增加收入來源。

觀察力、好奇心，是寫作靈感源源不絕的關鍵

Q 目前已是知名專欄作家的兩位，有固定的專欄，等於有了固定的收入。過去還沒有專欄時，你們主要的收入來源是？

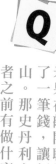

米果：我滿早就開始接專欄了，像之前的HERE雜誌、自由時報等。而且，我有在數位時代、明日報待過，數位時代廣告部會把廣編稿pass給我；同事離職到其他公司，也會將外稿或採訪編輯工作發給我。

史丹利：我也是類似這樣的狀況，畢竟待過雜誌社。因為有經營部落格，廠商也會透過這個管道邀稿。雖然寫部落格沒有收入，但它會產生一種效應，讓廠商注意到自己。因此，我的收入主要來自商業性的文案。

Q 請問你們現在一週的工作量為何？如何分配交稿時間？

史丹利：我一週至少交五篇稿子。因為爽報專欄一週五天都有我的文章，每次交稿量約二到三篇稿，分兩次交稿。不過篇幅比米果的短。另外潮流雜誌也有我的專欄。

米果：我一週三篇以上。因為要寫OKAPI的專欄，每週至少要讀完一本書，文長也比新新聞長，新新聞大概每篇八百字字。另外，「蘋中信」及天下〈獨立評論〉則是隔週交。有時還會接到零散的邀稿。若是週一至週五連載的專欄，我會一口氣交出五篇稿子，並與隔週繳交的稿子錯開時間撰寫。

Q 接受邀稿至今，你們有發現自己比較擅長寫什麼樣的內容嗎？

史丹利：沒有特別去設想，只要是有趣的事就會想嘗試寫出來，例如，當初規畫第三本書時，我很想去沖繩玩，就跟責任編輯說，乾脆去沖繩吧，還可以當題材寫進書裡。書出了之後，台灣人最愛去的日本景點，原本排第三的沖繩就贏過第二名的關西。日本觀光旅遊局一直覺得是我的關係，也被大家封為「沖繩達人」。

米果：我跟史丹利的狀況也有點像，不過，我在寫專欄的時候會遇到一個困擾，就是成立專欄時，編輯通常會要求為專欄設定主題。對我來說，如果要為同一個主題寫一、兩年其實很辛苦。我會跟編輯要求不要設定任何主題，因為不設主題寫，讀者迴響也真的很好。之後不設主題的專欄成為一種慣例。但前提是，必須要有一個擅長的地方可以說服人家，即使不設定題目，也可以把專欄做得很有趣。

Q 如何讓自己靈感源源不絕，一直能有專欄作品與讀者分享，並深受喜愛？

史丹利：我想我能一直寫作，是因為平常會多看多吸收，另外就是好奇心，讓我看待事情的角度跟別人不一樣，而且會想一些奇怪的事情。我喜歡找到大家不太注意到的事，然後把它寫出來。例如，我會去觀察每個國家的麥當勞有什麼差別，像泰國人愛吃辣，會附辣醬；西班牙的麥當勞則有賣啤酒。

米果：我們的確會注意到別人不會注意到的地方，但對我們來說，卻是很自然而然的事。對於沒有這樣特質，卻想成為「不上班族」來說，會變成他們欠缺的部份。

最好先「入社會」再「出社會」了解職場眉角讓接案人生走得更長遠

Q 成為文字自由工作者需要什麼條件？

史丹利：除了前面提到的好奇心、觀察力、喜歡分享的那份心意，最重要的是，要有好的人脈，因為朋友多，機會自然就多；過去在上班的工作表現也不能太差，因為太差的話，大家就不會找你幫忙。另外，資淺的自由工作者，最好不要對錢太計較，意思是接案時不要嫌錢少，應該要抱持多嘗試的心態，累積經驗，才可以有其他機會。

米果：史丹利剛才提到「不要計較接案錢太少」，我也有一些想法。在接案過程中，姑且不論費用，我們也會感覺什麼樣的人是可以合作的。例如，就算某個案子預算不高，但對方誠懇的態度讓我們覺得是值得合作的對象，還是會答應幫忙。有些長期合作的小編輯，最後都變成了總編輯，之後再合作其他案子，就會有交情。這就是累積人脈的過程，而且，因為接的案子是我們喜歡的，會覺得是愉快的工作。

Q 沒上司沒同事的「一人公司」如何與外界建立關係呢？

米果：主動與朋友、工作夥伴聯絡、關心他們的需求，對我們來說是很自然的事。以我跟史丹利來說，因為我們有很多興趣相投，像棒球、看電影。他看到好看電影會很興奮告訴我。對於討厭、快樂的事情也都很雷同，所以就能一直是朋友。

史丹利：對我來說，只要能幫忙就幫忙。好像沒有特別去想要如何與別人建立關係或成為朋友；而且，對我來說，經營人際關係的方法就是……一起喝酒就好啦。

Q 對於「不上班」這件事，讓你們最不安全感的事情是什麼？

史丹利：大概是想明年的自己要做些什麼、會在做些什麼。但僅止於想一想。

米果：我和史丹利只是短暫煩惱未來的規劃。因為過去幾年都這樣過來了，就不會再去多想。還有一個不安全感是在報稅的時候，剛開始接案的那五年，我把年收入除以十二，會想我當時是怎麼走過來的？因為賺的實在不多。不過，也會想說，這麼苦還不是過來了。

史丹利：但我跟米果相反，我在報稅時會想，我錢都花到哪去了？

米果：不知道工作到第幾年，我才開始用Excel表管理，哪天接到稿子、交稿、收到稿費，也會特別紀錄一個字多少錢。因為有幾次我寫完交稿，稿費根本還沒給我，卻因隔太久想不起來到底是哪筆費用被遺漏了。而且，剛開始接案比較零散，更需要這樣的管理。現在則是幾個固定的專欄為主，就不會有忘記哪個稿費還沒收到的問題。

Q 自由工作者收入並不固定，除了接受邀稿，你們是否還有其他「開源節流」方式，讓自己的經濟狀況得以穩定？

米果：我有投資理財的習慣，然而，當我整理年度海外基金投資的獲利，發現一年的獲利，比我寫一年的稿子好賺多了。但當我投資失利的時候，又會想，還好我有寫稿。

史丹利：我還是主要以寫稿為主，然後搭配代言、演講、上通告等活動。

米果：我比較少接受活動邀請，因為那些事情很花時間，往往一整天就沒有了，而且面對文字的時候，我感到比較愉快。但對於出書，我跟史丹利都很懶惰。如果以棒球員來比喻我們，屬於「工具人」，就是一下子可以站二壘，一下子可以跑外野，如同在出版社，我們不是主力的作者，但哪個月出版社書出的少，我們就去填補那個空缺。所以，當史丹利出完書，我問他下一本何時再出？

史丹利：我告訴米果「明年球季開始再說」。希望自己每年至少要出一本。

米果：我們不喜歡出書的原因，是不喜歡為書宣傳的過程。因為寫的時候最快樂，把稿子交出去時好開心，但書出了之後，每次宣傳都講差不多的東西，就覺得很煩燥。出書的時候告訴別人支持一下，總覺得會打擾到別人。

史丹利：我常常也會想，透過這樣宣傳，就會有人想買我的書了嗎？

Q 如何讓自己晉升為「資深自由工作者」？

米果：自由工作者出來工作幾年後，應該要累積固定的合作夥伴，不能每次都與別人不歡而散。若能與委託人建立很好的合作模式，有默契到一個案子大概多少錢，都可以不必特別去說，即使錢不多也沒關係。另一方面，我也絕對不拖稿，因為趕快做完就可以出去玩了。會有這樣的想法，另外我們都做過編輯，知道等稿子的辛苦與壓力，所以能夠體貼編輯的需求、知道職場上的規則。

史丹利：我也不喜歡因為拖延，而造成別人的困擾，不喜歡麻煩別人。

米果：我建議大學一畢業不要就開始接案，應該要到職場去體驗一下，被討厭的主管及同事「修理」，該怎麼應對進退。即使很險惡，但還是要走過。

史丹利：一定要「入社會」，才能「出社會」，才會脫離學生習性，懂得替別人著想，不再我行我素。

Q 在公司上班的人，難免有休假的時候，但他們可以互相照應。但如果你們要交稿，但卻身體不舒服無法工作，你們會怎麼辦？

史丹利：如果只是一般感冒，應該一兩天就會好轉，不至於耽誤太久。但如果真的無法如期交稿，會趕緊向對方知會一聲。

米果：而且，如果是有經驗及規劃的編輯，與我們約定的交稿時間，一定是比真正截稿時間還要更提前，或是有備用的稿件。所以，如果什麼突發狀況，還是有緩衝的時間。

Q 如何排解工作上的壓力？

史丹利：夏天時會游泳，但天氣轉涼時，可能改成跑步或騎腳踏車。與朋友聊天，也是我「解悶」的方式。

米果：我是有跑步跟走路的習慣。如果我整天沒有出門，晚上會反省，為何今天沒出門。即使在網路上會與朋友互動，但總覺得應該要出去走走，就算只是在家附近也好。

Q 你們覺得彼此分別是怎樣的自由工作者呢？

米果：史丹利雖然外表看似頹廢，其實內心住著老靈魂。他對長輩非常有禮貌，也非常信守承諾，會盡全力把別人拜託他的事做好，即使不能做好，也會提前告知我們難處在哪。如果我們邀約他去哪裡，他也會想辦法趕到，就算遲到也還是會到。有些人是當下才告訴你不能來。而且他還很愛哭，但哭點很奇怪。我們去看《淚光閃閃》的時候，大家在哭的橋段他沒哭，但當男主角的家被拆掉時卻哭了。也許大家會覺得，介紹潮牌、文筆又是比較搞笑的人，可能不會那麼細膩，但事實上，他很老派，還很能從一件事中找到樂趣，如果是很喜歡的東西，還會很熱情地想與人分享，他會說：「如果你不去看看，真的很可惜！」他還有一個特質是，如果有個地方讓他覺得很有趣，他就會很high，想法也很讓人開心，例如，他之前出一本書，內容主要是要執行各種有趣任務，他就向我提議，想要接郭泰源一五〇公里的球。希望他變老爺爺的時候，還是可以像現在一樣充滿好奇心。他之前還告訴我，他變老爺爺的時候，想做嘻哈打扮。

史丹利：認識太久，反而不知道該怎麼描述米果這個人，但跟我比起來，米果才是真正的文字工作者，很專注在寫作上，我還有從事其他的工作，而且，其他寫作的人通常都還有另一份正職工作，專職寫作的人真的很少。在工作上，她就是可以把自己規劃得很好的人，還懂得理財投資。

米果：所以，現在打開電子信箱，都一直在拒絕不適合的工作邀約，如果什麼都做，最後反而每一件事都做不好。

史丹利：像米果就很自律，我則像大學生交報告一樣，前一天才匆忙寫好。雖然還是會準時交，但感覺就是不一樣。

米果：我們偶爾會討論一下，對方正在做什麼，也互相督促一下。

Q 什麼樣的人你們會建議他千萬不要成為自由工作者？

史丹利：想要賺大錢千萬不要。

米果：認為出書很好賺的人，或以為出版社景況很好，不顧一切把工作辭掉想當作家的人。還有就是不喜歡上班卻對職涯沒有想法的人，他們只因為討厭老闆或同事，就羨慕我們的生活，也想成為自由工作者。我會問他們想成為自由工作者的專業是什麼？是設計、文字、音樂還是電腦？如果什麼都不會，就很難跟別人競爭。

史丹利：應該先想好如果不上班可以做什麼，而不是因為不喜歡上班，就想成為自由工作者。

米果：而且，以前在上班的時候，可能只要面對一個討厭的主管，但成為自由工作者，要面對的人就更多，討厭的人也可能更多。我還發現，如果已經很長一段時間沒有上班，突然有個機會再讓自己重回職場，那時就會自然而然地去分析，我這段時間因為去上班而犧牲掉什麼？我想要的生活到底是什麼？

史丹利：對，就是有這樣的思考跟分析，我才清楚知道自己真的不想再回去上班，那不是我未來十年想要的生活。

結語：

對談過程風趣幽默，米果或史丹利的妙語如珠，總引發一陣又一陣的爆笑。他們雖然給人輕鬆自在的印象，但問起他們對自己或對任何事物的想法，卻又清晰不馬虎。一般人需要苦苦經營的人脈或觀察力，對他們來說，卻是自然而然存在的特質，尤其是史丹利在工作最低潮時，還能發揮天生使然的好奇心，用文字與大家分享公司附近老招牌的故事，更能突顯對寫作熱愛。而米果與史丹利對工作的認真負責、遵守承諾（不遲交稿、鬧失蹤），也是他們建立口碑的關鍵，更是他們多年來不上班，卻沒餓死的祕密。

目錄

contents

不上班之職業道德

資深不上班族專訪：音樂人米拉拉

不上班之自我肯定

contents

不上班卻沒餓死有限公司

不上班之
抉擇的命運

Email:titan3@ms22.hinet.net　Web:http://www.titan3.com.tw
Tel:02-25621383　Fax:02-25818761

「一人公司」之日常操作手冊

我，失業十三年了，卻也持續工作十三年……

如果不是熬夜看球賽，通常，我會在七點半起床。

我是晨型人，早睡早起是生活態度，是工作模式，也是人生哲學。

好好梳洗，好好準備早餐，好好把早餐吃完，這是開啓一人公司的重要熱身模式。任何速食店便利店找來偶像明星代言的早餐或咖啡，都沒辦法吸引我出門，因爲失業的人，就是要在家吃早餐，而且是自己動手做的早餐，這叫做「認命」。

即使不必趕著出門，也要換掉睡衣，這是轉換住家環境與工作場所的重要儀式。雖然都在同一個空間，雖然只是從睡覺的床鋪走到電腦前面，可是在我心目中，這仍然是一段「通勤路」，還是必須跟睡眠穿著有所切割，這是一種敬業態度。

打開電腦之前，先把換洗衣物丟進洗衣機，順便餵魚，對，我養了一缸孔雀魚。

孔雀魚是我的家人，也是我的同事。除了一直打不到的蚊子之外，孔雀魚是這個住家兼工作空間裡，唯一會呼吸的生物。

有時候，我會搬一張椅子，坐在水族箱前面，跟這些同事兼家人，討論一些事情，分享一些心情，偶爾也有牢騷，類似晨間會議的形式，雖然牠們不會講話，但我懂牠們的意思。

孔雀魚有時候翻肚死去，有時候生了一窩，關於生死輪迴，有淡然的啓示。

倘若天氣好，洗了被單，就要趁著上網瀏覽各類新聞與財經消息的空檔，穿著拖鞋，直衝頂樓天台曬被單，還要時時注意天候狀態，因爲住在山邊，前一秒大太陽，後一秒就飄雨的情況很常見，必須在落雨之前，火速衝上頂樓天台收被單，否則就做白工。

中午之前會處理一些瑣碎的事情，譬如，登入網路銀行整理基金投資概況，整理稿費收入清單，回E-mail，回應部落格或twitter、臉書、噗浪，必要的時候，還要寫那種痛苦萬分卻要充滿文藝腔的催討稿費信件。

一邊上網處理雜務，一邊洗米煮飯，還要把午餐用的食材拿出來退冰、清洗、浸泡，畢竟，農藥很可怕，添加物很討厭，怕死的話，最好自己進廚房。盡量挑選有機米，無毒蔬菜，新鮮的魚肉，純米的米粉，但也只是「盡量」而已，這世間到底什麼無毒什麼最純，連檢驗機構都給不了證明。

準備一個人的餐點不是太困難，何況煮一餐還可以吃兩餐。本公司的伙食還不錯，營養均衡，口味多元，但不小心失手，也要負責任地把飯菜統統吃完。如果廚房罷工，還可以步行七百公尺買自助餐，但外食情況不是太常發生，因爲，一人老闆也是一人員工，還是自己煮一煮比較實在。

午飯之後，通常會打盹小睡十五分鐘，睡醒之後，腦袋清晰，好像重新Reset，猶如「東野圭吾」或「村上春樹」上身。這時候會在室內點薄荷與尤加利精油，開始寫作。

寫作環境必須靜音，不聽音樂，但偶爾會自言自語，或有窗外傳來「壞銅壞鐵拿來賣」或是「土窯雞、茄冬蒜頭雞」的叫賣聲，倘若同社區有裝潢電鑽攻擊，就戴著藥妝店購買的廉價耳塞和噪音對抗。

夏日不超過三十四度就不開冷氣，冬日不低於十度也不開葉片式電熱器，一旦遁入寫的空間，外在的種種，都當作異次元。

因為多數工作相關的事情都透過網路討論，所以手機鈴聲很少響起，室內有線電話大概一個月響一次，通常是推銷信用卡，要不然就是詐騙集團，還有打錯電話。

夏日為了不開冷氣，盡量穿著清涼，最大的挑戰就是突然來按門鈴的快遞，偏偏負責這區的快遞都是帥哥，某家宅配專員還貌似日本火腿隊外野手陽岱鋼。

寫作的段落與段落、章節與章節之間，總有發呆與恍神的時候，那就起身打掃拖地或修剪陽台栽種的九層塔和小柑橘，或把音響喇叭開很大聲，聽德永英明或X Japan，有時候是尾崎豐的搖滾與抒情。反正同層樓的鄰居都出門上班了，不必擔心被投訴。

偶爾會泡茶吃點心，一人公司的午茶時間儘管喧譁無所謂，反正不會有老闆來囉唆。

每週買菜一到兩次，倘若是早上，就去傳統市場，如果是下午，就去黃昏市場，偶爾想要過過貴婦的癮，就搭捷運去城內超市奢侈一下。

如果沒下雨，就會進行傍晚的慢跑快走，最少三公里，最多五公里。倘若雨天沒辦法出門，就一邊看電視一邊拉筋做操。畢竟員工健康很重要，雖然只是一人公司。

吃過晚餐之後，盡量放空腦袋，看書或看球賽轉播外加兩檔日劇。偶爾選台器滑過新聞頻道，吸收一下小說寫作的故事來源與推理的線索，知道這世間到底荒唐到什麼地步，好過什麼都不知道，還自以爲很幸福。

睡前會讀小說，盡量在十一點鐘上床，最晚不超過十二點鐘就寢。因爲中醫師說，熬夜對肝不好。

身體不舒服時，不用請病假，直接躺在床上睡到飽，恢復元氣再爬到電腦前面上工即可。

寫作狀況不佳時，不用請事假，直接蹺班，出去玩耍，玩到心滿意足再回來也無所謂。

但是事情沒做完，沒有同事來幫忙收拾；工作出紕漏，也沒有長官來cover。今天留下的爛攤，明天還是要自己想辦法解決。這是一人公司的快樂背後必須勇敢承擔的責任，如果想要閃躲，就滾回職場去。

寫作是勞動，閱讀是進修，當然也有員工旅遊，只要是想去的地方，就立刻出門，或上網訂機票旅館，不必徵求別人的同意，也不必寫簽呈申請經費，反正從自己的戶頭扣錢，要玩得開心或是花得節儉，自己決定。

我的確失業十三年了，卻也持續工作十三年，一人公司的作業模式與管理方法，大抵都定型了。老闆兼員工，會計兼總務，研發生產行銷與售後服務，一人扛下。自己跟自己商量，自己與自己妥協，有時候還要做出超越自己的要求。

我已經習慣並且喜歡這樣的日常作業，雖有自由，但不至於太懶散，賺得不多，夠用就好。

資深不上班族米果的 24 小時

- AM 7：30 — AM7:30 晨型人，當然要早起
- AM 8：30 — AM8:30 早餐一定自己做
- AM 9：00 — AM9:00 開始工作
- AM 11：00 — AM11:00 張羅午餐，自己動手做精神貫徹到底！
- PM 1：00 — PM1:00 午餐後，小睡 15 分鐘
- PM 1：30 — PM1:30 再度開始工作
- PM 5：30 — PM5:30 在晚風中出門跑步，有時逛黃昏市場
- PM 6：30 — PM6:30 晚餐
- PM 10：30 — PM10:30 睡前看幾本喜歡的書
- PM 11：00 — PM11:00 人腦與電腦都關機

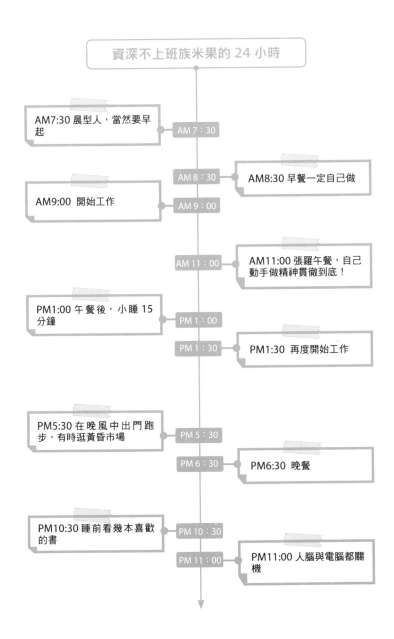

早安！失業人口

當時按下的，應該不是 Pause 鍵，不是暫停，而是 Stop，停止。我的上班族生涯從此停止，不會再回去了……

現在回想起來，確實不太記得失業之後的第一個早晨，是以什麼樣的心情醒來。

那是個陰天？或是晴天？氣溫如何？濕度怎樣？天空有沒有美麗的雲彩？

不過可以肯定的是，甦醒剎那間，必然是猶豫了好一下子，才弄清楚當時的時間與空間座標，不是週休或國定假日或裝病請假的早晨呢，已經失業了啊！

如果只是上班族偷得一日閒，必然是整個身體都處於開心的狀態，好像偷了老闆一天的時間。可是成爲失業人口之後，那種從老闆身上搶走或偷走時間的滿足感與復仇感，應該是不會再發生了。

現在其實有點懊悔，沒有替那個早晨留下什麼紀錄，不管是文字，或影像，或者是振臂拉弓，口號打氣之類的滑稽舉動都好，總該有點儀式才行吧！

當初也許覺得眼前的「失業狀況」應該是職場生涯的「暫停」而已，就好像躺在沙發上面看王家衛電影《重慶森林》的時候，突然想要起身上個廁所，只要找到遙控器按下「Pause」鍵，畫面靜止，但不會太久，頂多上完廁所，再抓一包零食，立刻回到沙發恢復原有的坐姿，接著按下「Play」鍵，原本靜止的金城武就會繼續說話，「請問有五月一日到期的鳳梨罐頭嗎？」

當時的自己，可能也以爲是按下Pasue鍵，「暫停」而已。說不定失業的日子撐不了多久，意志磨損了，信心動搖了，錢也不夠了，或是出乎意料之外的工作機會出現了，應該就會重新按下Play鍵，職場生活就會「再生」了。

一定是那樣想的，所以才不覺得有什麼好紀念的。

在那之前，我有過幾次主動離職的經驗，但是都在離職之前談好去路，薪水多少，年休幾天，頭銜是什麼，在內心有個底了。譬如第一個工作持續六年之後，留職停薪去日本讀書，既然是留職停薪，也就十分篤定能再回來，何況那個年頭還算勞方市場，老闆很怕員工跑掉，這樣說來，實在是很愜意的年頭啊！

後來有過一次跳槽，薪水幾乎翻了兩倍，因爲新公司還在籌備階段，鎮日在裝潢的電鑽聲與油漆味的空曠辦公室晃蕩，彷彿在營休假。沒想到，裝潢之後的辦公室環境激似八點檔本土劇，不到三年就決定轉行了。

之後短暫在媒體業闖蕩，徹底顚覆了過去在傳統金融服務業的生理時鐘，第一個工作只撐了半年，第二個工作更慘，三個月就買單了。

於是，可以在每個月的固定某一天領薪水的日子就按下Pause鍵了，一年一年過去，再回頭想想，當時按下的，應該不是Pause鍵，不是「暫停」，而是Stop，「停止」。我的上班族生涯從此停止，不會再回去了。

早知道是這樣的結果，成爲無業遊民的第一個早晨，應該留下紀錄才對，畢竟是個重要的起跑點，我在那個早晨醒來，等同於按下人生另一個階段的Play鍵啊！

那個早晨，切割了我跟所謂的銀行薪資帳戶關係，切割了我的勞保身分，切割了我的辦公室人際關係樹狀圖。我不必一早睡眼惺忪趕著出門上班，也不必在返家的公車上面一路昏睡直到撞到車窗才猛然驚醒差點坐過站。過去我用自己的時間與自由，把人生切成碎片，拿去典當，換來薪水的受薪歲月，總算有個明確的了斷。

所以，那個早晨，到底是以什麼態度睜開眼睛呢？

究竟是惶恐？還是鬆了一口氣呢？

喔，等等，我想起一件事情了。

當年在十月的最後一天，把辦公桌面清理乾淨，繳回員工識別證與門禁卡之後，應該是搭乘２８４公車返家，三天之後，我飛去東京，從輕井澤、日光、草津，一路玩到台場、新宿……這樣看來，似乎是很歡樂的告別職場儀式呢，也未免太開心了吧！

再仔細想想，從日本返家之後，睡了一晚，隔天竟然筋骨痠痛到無法起床刷牙，真是懲罰呢，對於失業卻毫不謹慎的自己，一定是遭到老天的斥責了。

當時的心境約莫就是「失業就失業」吧，總之，先出國玩一趟，回台灣之後，再努力找工作應該也可以。但也沒有經過太久，原公司突然宣布結束營業，我看著電視新聞播出的連線畫面，一邊透過ＩＣＱ跟同事連線，看著他們沮喪的情緒，透過網路傳遞過來的文字彷彿一顆顆豆大的眼淚，我內心卻想著，自己會不會跑得太快了，倘若再撐一下，就能領到遣散費了啊（真是無情又現實啊，當時的我）。

但人生就是這麼一回事，跟投資海外基金一樣，廣告做得那麼漂亮，分析師說得那麼樂觀，可是一定會出現一段轉速超快的警語，「投資一定有風險，基金投資有賺有賠，申購前應詳閱公開說明書」，雖然那轉速快到讓人發噱，可是人生不也這樣，倘若處心積慮要賣在最高點，就有可能跌到最低點才含淚認賠殺出，我想，主動辭職或被動資遣的拿捏，應該也像那段轉速超快的投資警語一樣，只是沒有公開說明書可以詳細閱讀吧！

總之，那個早晨開始，一直到現在，我沒有重回職場，沒有機會領薪水和年終獎金，不必繳勞保費跟福利金，當然也吃不到尾牙跟春酒，更不可能每次摸彩都摸到熱水瓶跟電烤箱了。

那個早晨開始，我成爲健保第六類「區域內無固定雇主投保人口」。是的，沒有固定工作，沒有固定雇主，沒有上班，所以，一定要想辦法不讓自己餓死才行啊！

自主失業並不是倉促決定的啊……

再見了，我的同事們，我要走一條人煙罕至的小徑，我希望自己的人生有不同的風景……

我不是被公司fire掉，而是自己主動把公司老闆「火」掉的。

主動成爲失業人口之前，其實，花了一些時間進行熱身，不管是心理狀態或經濟狀態都做過一番準備，而不是情緒性的倉促決定，想要模仿的人，請千萬謹慎，不要衝動。

有時候我們回顧過去的種種，猶如把上天安排的腳本拿來重新審視一樣，如果不是經歷過什麼，大概不會有怎樣的轉變，或是未曾經歷過什麼，因此安於現狀，也就不會有所改變。

所以，究竟是什麼忍無可忍的原因，才促成自己決定從職場「翻牆逃跑」呢？

我算是畢業之後「學以致用」的幸運之人，研究所與高考鎩羽而歸之後，就知道自己沒有讀碩士，也沒有當公務員的命了，那麼，就專心找工作吧！

那個年頭沒有網路人力銀行，找工作都要靠報紙求職欄，中意的職缺就用紅筆圈起來，或是拿剪刀裁剪下來，然後手寫履歷自傳，貼郵票，找郵筒，一封一封寄出去，接下來就只能等信件回覆或電話通知了。

回想起來，是個多麼美好的手工勞作年代啊！剪刀、漿糊都派上用場了。

第一個工作面試很戲劇化，負責面試的主管突然接到警方來電，通知家裡遭小偷，該主管在我面前緊急拎著西裝奔跑出門，倉皇之間，還回頭交代，叫我快點去找別的工作，他要回家抓小偷了。

我不是在唬爛的，那家公司在台北新生南路與忠孝東路口，還算是小有名氣的外商公司，不過幾年之後，也結束營業了，不知道當時那位負責面試的主管有沒有抓到小偷。

接下來的兩個面試機會都錄取了，而且兩家公司就隔著忠孝東路相望。畢竟是定存利率百分之十、台股指數萬點以上的年代啊，多數畢業生謀職，只要不是態度太過惡劣散漫，平均都有四個工作機會可以選擇，今非昔比嘛，不要覺得不可思議。

倘若就那樣子跟隨著年資累積，乖乖站在前輩後方排隊，升遷，加薪，一年一年，就跟辦公室所在的同一條忠孝東路ＳＯＧＯ百貨週年慶一樣，時候到了，機會就來了。只要不出大錯，也不要冒犯長官，或是奉行漫畫《課長島耕作》的名言，「千萬不要加入任何派系」，大抵要做到退休，領到養老退休金，不是太困難的事。

一開始想要翻牆，或許是因爲厭倦。但是對上班族來說，厭倦是一直攀在身上的背後靈，甩都甩不掉。

厭倦感來了，該怎麼辦？裝病請病假，裝忙請事假，僅僅是半天，或一天，僅僅在家裡無所事事，都覺得幸福。爲什麼會這樣？因爲厭倦啊！

可是裝病跟裝忙，僅僅半天或一天的療程，終究抵不過排山倒海而來的厭倦。轉身揮拳打過去，那背後靈頂多趴地昏迷幾分鐘，隨即又站起來，跳到肩上，甚至掐住脖子。背後靈不是那麼容易甩掉的。

也曾經留職停薪一年，出國讀書，短暫治癒了職場厭倦，但是重新回到辦公室，隔著大樓玻璃帷幕看見窗外的陽光與落日，卻累積了留職停薪之前更加心力交瘁的挫敗感。輾轉換了高薪的工作，美其名爲跳槽，卻跳進更恐怖的坑谷，我失去了初出社會當時的認命與知足，我開始懷疑安穩退休的期待會不會只是個阻礙自己快樂與上進的枷鎖，而忍耐逢迎的態度，反倒讓自己變得越來越面目可憎？

不行不行，如果只是翻一座普通的矮牆，治癒厭倦的程度頂多撐一個禮拜而已，應該要翻過更高的牆才對。

某個下午，在辦公室經歷一場荒唐而激烈的口角之後，我走出辦公室，搭乘木柵捷運到動物園門口，曬了一下太陽，在初春午後的紅磚道散步，想了一些事情之後，又搭捷運返回市區，跑到ＩＫＥＡ，坐在賣場的沙發上面，看著來來去去挑選家具的陌生人。剎那間，決定了！

決定了什麼？

剎那間，思緒撥開一條清爽的小路，有鳥叫，有蟲鳴，唧唧唧唧，感覺很不賴。

那個下午開始，我決定提升過往因爲貪圖安穩收入而削減的戰鬥力，我不要排在公司僵化的制度後方等待，我要拿著自己的旗子，打開門，衝出去，把旗子插在自己想要佔領的城池。

當時坐在ＩＫＥＡ賣場的沙發上，因爲做了決定，腦海出現如日本幕末武士一手執刀、一手揮著旗、往前衝刺的模樣。那幕末武士的想法太滑稽了，自己也忍不住笑出來。返回辦公室之後，完全不把先前激怒我的同事放在眼裡，感覺那傢伙已經跟我隸屬不同戰鬥層次，我已經往下一個關卡衝刺，他還在上一個關卡揮空劍，因此不必介意，可以直接忽視了。

如此轉念，眞是匪夷所思啊！

我開始潛入水底備戰，我的意思不是說跑去練潛水，而是白天上班，晚上與假日書寫，在網路貼文，建立屬於自己的社群人際關係，培養讀者群，另一方面，也開始寫文章投稿副刊，還透過一些朋友的介紹，接商業ＤＭ文案。

如此一來，毫無困難地轉型爲職場透明人，我把辦公室的爾虞我詐當成漫畫《課長島耕作》的實體聲光版，沒想到，竟然產生意想不到的療效。

時候到了，決定揮別當年畢業之後「學以致用」的幸運魔咒，我開始考慮所謂「自由工作者」的生活模式，在那之前，得先累積一些相關產業的經歷與人脈，既然決定要靠文字書寫過活，就該朝著那個領域插旗子才對。

很好，時機成熟了，遞出辭呈。決定離職的日子之前，早就像愚公移山一樣，每天搬一些東西回家，直到把辦公桌抽屜與桌面清空，再見了，我的同事們，我要走一條人煙罕至的小徑，我希望自己的人生有不同的風景。

離職那天，同事送我一束花。因爲花粉導致鼻過敏，不斷打噴嚏，於是在離開公司之後的第二或第三個路口，把花送給一位恰好擦身而過的熟人。

那是四月底的某個黃昏，天氣不太熱，也不太冷，作爲翻牆的紀念日，剛剛好。

幾年經過，再重新回想，當初彷彿有一種被逼到牆角的緊迫感，四面的牆一直朝著自己逼近，可以轉圜的空間越來越小了，瞬間就迸發了「想要做點什麼改變」的勇氣，至今自己都覺得不可思議。

而或許當時身處的環境與自己的心態，恰好擦撞出火花，「對了，就是現在」，於是，人生就此轉彎。倘若有天意這回事，那麼，當初的自己，確實聽見老天爺交代的聲音了。

我從年薪百萬的管理職，從高級辦公大樓的上班地點，從容出走，加入一本新雜誌創刊，半年之後，出版一本小說，再投入網路媒體，參與規劃一個出版平台，但平台尚未推出，我又離職了，從此開始無固定雇主的生活，名副其實的失業人口。

唉，往事果然不是煙啊，回憶起來，竟是那般清晰。

逼不得已重返職場的一條底線

如果抱著混不下去就回職場領薪水的想法，是沒有辦法成為「不上班仍然可以養活自己」的自由工作者啊……

決定脫離職場，並不是什麼浪漫或衝動的決定。我自己是學「風險管理」出身的，有些評估風險的步驟，還是不能馬虎，否則那四年大學豈不是白讀了。

一開始，當然要把「因爲冒險而得到的快樂」和「因爲冒險必須付出的代價」拿出來評量，快樂有沒有辦法超越付出的代價，這個很重要。倘若超越了，才有值得冒險的理由，要不然，想都甭想，乖乖上班，固定時間領薪水就好。即使覺得同事很討厭，老闆很囉唆，工作內容很無聊，毫無前途可言，也要自己想辦法找別的樂子來平衡。如果沒有其他謀生的本事，除了薪水之外，不可能有別的收入，那就把薪水當作忍耐的補償金吧，可以這麼想，應該就沒問題。

那麼，要是冒險而得到的快樂，超過必須付出的代價呢？那還猶豫什麼，當然是放手一搏囉！

其實，決定遞出辭呈之前，幾度檢視自己的存摺，也不是沒有掙扎過，畢竟接下來的日子，根本沒有固定收入。以前習慣在每個月五日或十五日有一筆薪資匯進銀行帳戶的金流節奏即將瓦解，而固定從薪資結構當中，循序切割房租、消費、儲蓄的比例，也非修正不可。這對一個過了十幾年受薪生活的人來說，是必須克服的首要關卡，也是必須克服的恐懼。

還好，自從有第一份工作，領到第一份薪水以來，除了最初三個月試用期，薪水因爲被打了折扣的關係，繳完房租，其餘支付交通娛樂飲食費用，大概扯平之外，十幾年以來，不管是透過「零存整付」的銀行定存，還是同事之間的互助會，或是購買儲蓄保單，甚至投資海外基金，與同學合資買賣台灣股票等等，雖然還不至於大賺或累積大量財富，不過也幸運躲過好幾波金融海嘯或大崩盤。可能跟自己膽小謹慎的態度有關，不必賺在最高點，但起碼要把本金保住，積少成多也算累積一筆安心錢，加上自己也沒多大的購買慾望，只要過著「清貧」的生活，撐一段時間應該沒有問題。

這種時候，就會慶幸自己夠老，「老」變成加分選項，實在很微妙。但也因爲夠老，才有機會經歷台灣股市萬點的榮景，銀行定存利率有百分之十的高水準，生平第一筆海外基金投資甚至在歐元之前，還是以馬克計價的年代，那個時候沒有獲利百分之五十是不會贖回的，現在回想起來，好像變成天方夜譚了。

把存摺攤開，仔細彙整自己的現金資產，再把每個月固定要支出的費用列出來，水電瓦斯費、手機通訊費、網路費、第四台頻道費用、社區大樓管理費、健保費，每年固定要支出的費用還有房屋稅、地價稅，和自己購買的商業保險費，另外還要把「最低限度的生活費」估出來，只要維持起碼的娛樂就好，太過揮霍的支出就先摒除在外，公式列一下，計算機敲一敲，決定了！

當存摺儲金不夠支付水電瓦斯等固定費用，就只好認命回去上班吧，怪不得別人，只能怪自己賺得不夠。

一開始，應該是抱著「試試看」的心態，倘若不行，存摺枯竭了，那就放棄吧！畢竟離開職場所享受到的快樂，並沒有大過因此而必須付出的代價啊！

還好，十三年以來，都沒有因爲存摺餘額不夠支付下個月的水電瓦斯通訊網路與第四台頻道費用和大樓管理費與健保費，因而開始書寫履歷找工作。當然，到了一定年紀，要重新找工作的難度也越來越高，很多工作機會一開始就嗆明三十歲以上請勿來亂，看來看去，大概只剩下百貨公司地下美食街洗碗工，賓館計時清潔工等等，越看越洩氣，覺得三十歲以上轉業根本是自殺式攻擊。後來看到超商與速食店開始招募二度就業的中年族群，內心還小小拉弓一下，想說自己撐不下去的時候，至少還可以一圓幼時夢想，當不成柑仔店老闆娘，到超商超市速食店站收銀台似乎也不錯。總之，最初幾年，就是以那樣的底線督促自己千萬不要走到重返職場這一步，可也是戰戰兢兢呢！

不過，從朝九晚五的職場生活到自由工作者的轉變，當然很容易，但是要從自由工作者的模式回到職場辦公室，則是相對難適應。一旦嚐到Free的甜頭，要重新回到企業體的團體思維，眞的很痛苦。我曾經在過了八個月的接案生活之後重返職場，雖然十分努力適應了三個月，最後也是豎起白旗，辭掉工作。

意外事故搜救現場有所謂的黃金七十二小時，重返職場也有類似的黃金期限，如果只是短暫休息，最好不要超過三個月。三個月的隔閡，還不算難以超越的屏障，畢竟休息了三個月，大概也要重新花三個月才能適應上班的節奏，休息越久，需要重新適應的期限就會相對拉長。我很早就悟出這個道理了，爲了貪圖不被公司約束的自由，就要想辦法支撐下去。

最近我讀了大聯盟球星鈴木一朗的訪談紀錄，當初他從日本職棒歐力士轉隊到美國大聯盟水手隊的簽約記者會上，說了一段令人印象深刻的話：

「如果抱著混不下去就回日本這麼軟弱的想法，是沒辦法轉隊到大聯盟的。」

往後這幾年，我回想當初自我約定的最後底線，雖然有個明確的數字在那裡，但內心也許就跟簽約記者會上的鈴木一朗一樣，如果抱著混不下去就回職場領薪水的想法，是沒有辦法成為「不上班仍然可以養活自己」的自由工作者啊！

老天保佑，這十三年以來，從來沒有因為下個月付不出水電瓦斯等固定性費用而被迫重返職場，感謝那些持續支付我收入的老闆們，也感謝一直以來都沒有太過怠惰的自己，對我來說，現在這種生活，就是我理想中的大聯盟。

隨遇而安工作學：機會來了一定盡全力完成

資深不上班族專訪：譯者王蘊潔

王蘊潔小檔案：

在翻譯領域打滾十幾年，曾經譯介山崎豐子、小川洋子、白石一文等多位文壇重量級作家的著作，用心對待經手的每一部作品，翻譯的文學作品數量已超越體重。

臉書交流專頁：綿羊的譯心譯意

胸無大志卻胸有成竹

我從來沒有進公司上過班，但甫從日本學成歸國時，曾向雜誌社應徵日文編輯的工作。只是，面談過後發現不那麼適合。不過，當時的主編卻詢問我，有沒有興趣接下外稿翻譯的工作。那時，我還年輕，也還不確定自己想做的事，於是就答應了。這也開啓我的翻譯之路。

後來，我開始嘗試毛遂自薦，拓展新的「客源」。當我翻閱雜誌，從字裡行間感受到其報導有參考外稿的痕跡，我會主動遞出履歷。負責面試的主管大感驚奇，我怎麼會知道雜誌裡的文章有參考外稿，或是外稿改寫的。直到現在，我仍無法準確說出爲何我會知道，也許是文中外來語的應用，或內文就是散發日本特有的文化氣息。總之，我開始穩定接下雜誌外稿的工作，也獲得接下日本實用書翻譯的機會。

一個人在家工作，沒有主管監督，沒有同事相互切磋；因此，當我將稿件交給出版社編輯時，他們修改的部分，就是我學習的重大線索。從這些部分，我才明白編輯們希望呈現的內容是什麼，也才能給他們最想要的。當我發現稿件修改次數一次比一次少，這就是我進步的過程。

經過十年的努力，我鼓起勇氣嘗試小說翻譯的工作。當時，我主動投履歷到方智出版社，經過試譯後，編輯請我翻譯江國香織《神之船》。後來，又有其他出版社，請我翻譯江國香織的作品。但當時日本小說在台灣並不流行，直到二〇〇三年，日本小說在台灣開始風行，那時皇冠出版社邀請我翻譯市川拓司的《現在，很想見你》，算是搭上順風車，正式開始我的小說譯者之路，到現在又是另一個十年。

沒有同事，沒有主管，工作態度要更嚴謹

許多人會好奇，作爲「資深不上班族」有沒有一般人所沒有的收穫與失去？事實上，對我來說，會踏上這條路眞的是自然而然的。我當時並沒設定自己要做什麼、成爲什麼，只是機會來了就好好把握，並且認眞的把該做的事盡善盡美地完成。再加上我的個性很「宅」，比起外出更喜歡待在家裡。

不過，爲了能與其他譯者及出版社互動，交流小說翻譯的想法，幾年前我成立了個人部落格，最近則是粉絲專頁。有些出版社的編輯朋友需要翻譯人才，也會到我的平台上徵人。我則提

醒他們：「你來我這兒找人，信箱可能會被塞爆喔！」果眞，應徵者相當踴躍，那幾位編輯的信箱的確被塞爆了。

此外，因爲語言也會隨時代更迭轉變，爲能與時俱進，之前曾經去大學日文系旁聽過翻譯課程，參加一些翻譯研討會，並沒有刻意或是有規律地安排。平時會看一些日本翻譯人員寫的書，因爲翻譯過程中，經常會遇到兩種語言文化產生衝突，無法百分之百詮釋時，借鑑別人的經驗、翻譯思維，有助於解決在翻譯過程中遇到的問題。

若問我自由接案人是不是眞的很自由，我也可以坦白地說，在面對工作時，態度必須要與上班族一樣要求自己，甚至，因爲沒有主管、同事的協助，必須更嚴謹才行，因爲自己就是這間「一人接案公司」的代表。那麼，到底自由在哪裡呢？對我而言，我可以依據個人需求，安排作息及工作時間，可以依據過去的合作經驗，評估是否要與同一個委託人合作。

在這長達二十年的翻譯之路，我從未強求自己必須要獲得什麼，或成爲什麼樣的人，但若有任何機會被我爭取到，或來到我手中，一定會好好把握，並且盡全力完成。這是我的工作學。後來的我也發現，許多成果就在這一點一滴中慢慢累積。

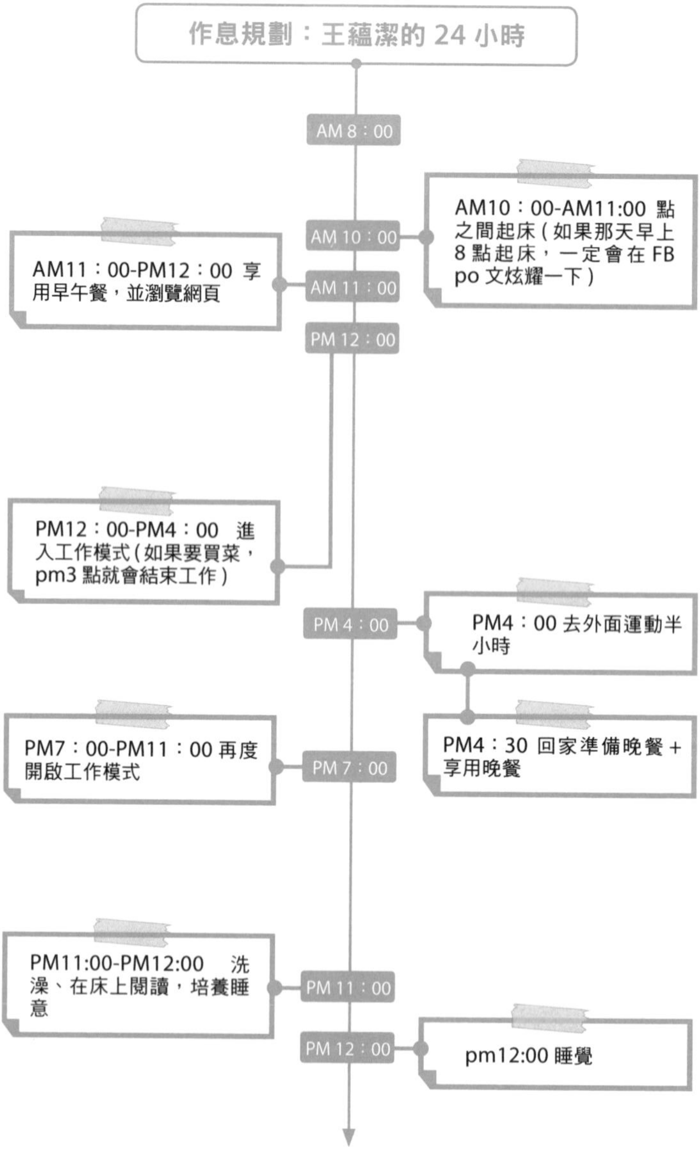
作息規劃：王蘊潔的 24 小時
AM 8：00
AM 10：00
AM10：00-AM11:00 點之間起床（如果那天早上 8 點起床，一定會在 FB po 文炫耀一下）
AM 11：00
AM11：00-PM12：00 享用早午餐，並瀏覽網頁
PM 12：00
PM12：00-PM4：00 進入工作模式（如果要買菜，pm3 點就會結束工作）
PM 4：00
PM4：00 去外面運動半小時
PM4：30 回家準備晚餐＋享用晚餐
PM 7：00
PM7：00-PM11：00 再度開啟工作模式
PM 11：00
PM11:00-PM12:00 洗澡、在床上閱讀，培養睡意
PM 12：00
pm12:00 睡覺

給「新手上路的不上班族」的建議

1

先採取兼職的方式，確保經濟來源、累積相關經驗、建立人脈及及與委託人的合作默契，且在正職、兼職兩頭燒的狀況下，你也更能確定自己是否想成為「不上班一族」的決心。

2

語言、寫作能力只是進入翻譯界的門檻，面對這份工作時所展現的態度，才是能在此領域發展的續航力。例如，我會盡可能讓合作的工作簡單化，並讓委託人因為和我合作，而使對方能減輕工作量；如果對出版社有什麼要求，也會客氣地請窗口代為向主管溝通，退一步海闊天空，將心比心，力所能及地配合對方，但如果退到自己的底限，就婉拒合作，或不會再有下次合作了。

3

遭遇劣質的業主，可先退讓一步，讓自己全身而退。對於對方的再次邀約要審慎評估，不要為了賺錢，讓自己灰心、受委屈。曾經遇過一個出版社遲遲不肯付款，理由是主管沒進辦公室，無法蓋章寄出支票。當我到出版社拿書時，巧遇那名主管，才知道是惡意拖欠稿費的。後來，我委婉告訴對方，願意接受兌現期為半年後的支票。最後，我的確收到款項，但之後該出版社的邀約我選擇婉拒保護自己。

4

作為小說譯者，必須養成每天閱讀的習慣，並且廣泛閱讀，揣摩各類小說的表達方式或特別的語法。若接到的某位作家，已經有其他作品推出中譯本，我也會做為參考。如果遇到內文出現不懂的專有名詞，可考慮諮詢專門學校、科系或相關政府機關。在接某種新類型的書（例如繪本、兒童小說）時，因為和之前的翻譯工作有所不同，所以在實際翻譯前，會找一些類似的書來預習，尋找翻譯的感覺。

5

拿到稿件時，應評估該本小說的總字數，並以個人的體力、生活習慣安排每天的工作進度。只要能夠妥善安排進度，工作就不會成為心理的負擔，自然不會有太大壓力了。

6

若對金錢、理財缺乏概念，那就盡力維持收入大於支出的狀態。有個小祕訣是，如果感覺經濟狀況比較吃緊，就先做請款比較快的出版社案子，讓自己暫時度過缺錢難關。

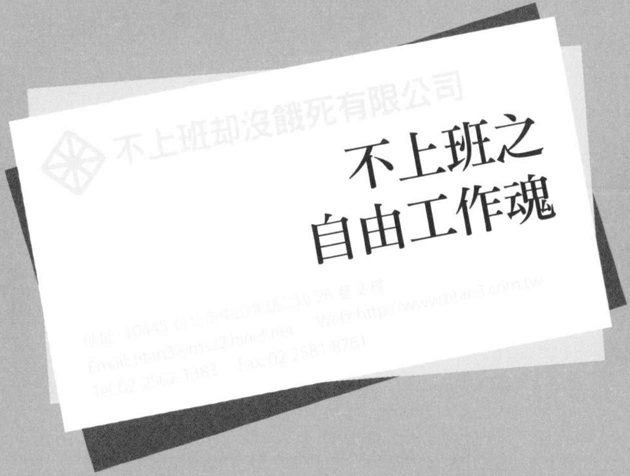
不上班却沒餓死有限公司
不上班之
自由工作魂
地址：10445 台北市中山北路二段26巷2樓　Web:http://www.titan3.com.tw
Email:titan3@ms22.hinet.net
Tel:02-2562-1383　Fax:02-2581-8761

根本不需要租一間工作室

除非，一開始就有村上春樹的銷路，或是宮部美幸的本事，否則以台灣的文字稿酬，租了辦公室，應該會先餓死吧……

辭掉工作之後，最常被問到，「是不是打算成立個人工作室？」「工作室在哪裡？」「裝潢好了嗎？」「租金多少？」「要不要送個花籃過去？」

每次聽到類似的問句，內心不免會嘖一聲，「唉，又來了！」

之所以不斷被問到個人工作室的事情，實在是因爲那一陣子的財經雜誌，三不五時就會做些專題來吹捧所謂的ＳＯＨＯ族，而那些受訪的個人工作室幾乎都擁有高級裝潢，譬如落地窗外是林蔭大道，辦公室配備相當摩登先進，比較有看頭的，甚至還聘用了助理。

因此，我辭掉工作之後，也就陷入所謂的財經雜誌對ＳＯＨＯ族群莫須有的華麗魔咒之中，可見財經雜誌的讀者群多麼驚人啊！

事實上，打從盤算離職的一開始，就沒有過租用辦公室或成立什麼個人工作室的想法啊！畢竟不是一時衝動才決定離開職場，對於所謂的ＳＯＨＯ也沒有太過浪漫的幻想。靠文字爲生，一個字的單價多少，一個案子的報酬多寡，早就有底了，怎麼可能去租辦公室，還花錢裝潢，甚至請助理呢？除非，一開始就有村上春樹的銷路，或是宮部美幸的本事，否則以台灣的文字稿酬，租了辦公室等待收入，應該會先餓死吧！

最近讀了東野圭吾的《大概是最後的招呼》，其中有一篇的內容提到東野先生因爲得到某個文學獎而衝動辭掉工作，甚至從大阪搬遷到東京，還租了辦公室，當時可是讓出版社編輯嚇出一身冷汗啊！

我離開最後一個職場工作之前，已經出版過一本小說，也接過不少平面媒體的廣編稿，大概知道出版市場的殘酷，也清楚靠文字過活，可能是怎樣的下場，不至於衝動租下辦公室，畢竟寫一篇稿子得到的酬勞，可能連管理費都付不起，更何況是昂貴的租金了。

相對慶幸的是，靠文字過活，其實不太需要高價的工作配備，只要有張桌子，一把椅子，一部電腦，一個可以安靜寫作的空間，可以連線網路，大概就沒問題了。所有的素材原料都在腦子裡，倘若不夠，還有兩片牆的書櫃資料可以當後援，要不然連線上網也能查得到。但這些功夫需要長年累積，所謂靈感與否，簡單來說，就是對於書寫的主題有沒有感覺、有沒有感情而已，不是太深奧的道理，至於那些拿「沒有靈感」來搪塞的藉口，大概都是懶。

以前在職場工作，分工很細，有財會部門處理帳目，有管理部門處理人事雜務，有工讀生小妹幫忙跑郵局，有時還要幫忙訂便當，辭職之後，這些瑣事，全部都要自己來。

一開始，我聽了朋友建議，將勞保與健保掛在朋友公司名下，後來精算了一下，自己負擔的部分確實是一筆不小的開銷，也就作罷。決定拿著離職證明，跑一趟區公所，申請「區域內無固定雇主」的第六類健保投保人資格。當時承辦的區公所人員，不曉得是經過特別的職訓還是眞情流露，總之，她用安慰鼓勵的口吻說：「希望這只是暫時的，找到工作之後，記得來更改喔！」

剎那間，嘈雜的區公所櫃台，我跟對面這位公務員的眼神對上時，眞是充滿內心戲啊！對方的神情，至今都忘不了。

但我確實辜負這位貼心的公務員了，從此之後的十三年，我一直都是區域內無固定雇主的第六類投保人口。

勞保算是中斷了，幾年之後出現國民年金保險這種玩意兒，我自己是學保險的，知道社會保險的用意，也就乖乖透過郵局帳號自動扣款，但是大抵內心已經有所盤算，要養老，光靠社會保險是不行的，總要自己購買商業保險才夠力。果不其然，爆出勞保國保在「不久的將來」有可能陸續破產的消息，真是哀淒啊，都不曉得說什麼才好。

總之，一人工作就是一人擔了，沒有財會部門、沒有人事單位，也沒有工讀生妹妹來相挺，舉凡跑郵局、寄包裹、寄掛號信、銀行匯款、稿費追帳，全部都要自己來。很多時候還要花時間做些勞作，譬如裝訂，譬如裝箱，不斷填寫收據跟報酬單，不斷影印身分證，還要記得在影本上面註記，免得身分證被冒用。說真的，這些雜事才是考驗，看起來微小，處理起來，也是很花時間。

我身旁也有一些靠文字或美術設計過活的ＳＯＨＯ族，幾乎都是所謂的「在家工作者」，一般上班族要靠機車、公車、火車通勤，我們則是從床鋪爬到電腦桌前方，再從電腦桌爬回床鋪，就算是通勤路線了。

所以，我沒有成立工作室，沒有租辦公室，也沒有花錢裝潢。口渴了就去廚房倒杯水，想上廁所只要走五、六步，但廁所要自己清掃，沒有阿姨可以來幫忙。日常工作場景就是一邊敲擊鍵盤一邊燒開水，還要注意洗衣機的進度，隨時準備起身到後陽台晾衣服，倘若天氣不錯，陽光很辣，可能要利用跟編輯討論事情的空檔，衝到頂樓天台曬棉被。

因爲沒有工作室，所以不必送花籃給我，如果硬要共襄盛舉，那就送錢吧！

需要一台傳真機嗎？我連印表機都不要了

傳真機提著行李箱，站在出境大廳，跟我揮手，說今生無緣，那就再見了……

決定在家工作之後，到底要不要買傳眞機，一直讓我猶豫不決。

大學畢業之後，初次接觸的職場環境裡面，傳眞機算是時髦產物，珍貴得像什麼保育類動物一樣。全公司僅有一台，除非是需要緊急聯繫的事項，否則別想靠近。倘若是傳眞到海外的文件，還要先向管理部申請，申請單上面要詳述傳眞文件的主旨與對方公司資料，經由主管簽名蓋章，才能拿到一把鑰匙，也才能打開傳真機開關，撥打國際號碼，否則，想跟外國公司聯繫，幾乎都要靠電報機，至於網路，連個影子都沒有。

偶爾要幫主管打英文信件，運氣好的時候，可以搶到電動打字機，鍵盤很輕，較省力，如果不小心打錯字，也可以靠修正帶幫忙。但運氣不好的時候，只能用傳統老舊的手動打字機，鍵盤很重，每一次敲擊都像練功，換行的時候會噹一聲，類似王家衛電影《花樣年華》穿著旗袍的張曼玉在寫字樓幫老闆打字的那種畫面，但我還沒有懷舊到穿旗袍的地步啦！不過，打錯字，就得重來，要不然就用刀片輕輕刮去字跡，把打字機重新拉回來再打一次，當時，我可是非常擅長用刀片修字呢！

至於發電報，就更小心了。電報機螢幕小小的，鍵盤也小小的，坐落在三百多坪辦公室的小角落，彷彿是諜報人員的神秘配備。發電報之前，總是要仔細核對電報機小螢幕的英文縮寫簡字，來回檢視，起碼要十次或更多，畢竟一按發送鍵，就千山萬水，奔跑而去，沒辦法挽回了。

過了幾年，會發出「答答答」聲音，類似香港電影《無間道》出現的摩斯密碼那般神秘的電報機也退流行了，傳眞機成為主流，而且還是圓筒感應紙的那種老機型，不小心就會卡紙或吱吱叫，是那種感應紙列印出來的文件，放幾天就會褪色的古老年代啊！

雖然在職場的日子到了後期，電腦作業已經很普遍了，但是某些神經兮兮的公司，還是對員工使用網路充滿不信任。尤其那些高階主管，生怕電腦化之後會搶走自己的飯碗，多數都排斥在自己桌上擺電腦，對於網路傳遞文件也充滿不信任感，因此，傳眞機還是很吃香，彷彿是職場的神器。光是圓筒狀的傳眞感應紙升級爲普通紙，就覺得科技好神奇啊，連這種事情都能突破了，這世間還有什麼難的呢（當時確實曾經這麼讚嘆過）。

傳眞機越來越便宜，加上日劇推波助瀾，感覺那種稍微時髦先進的家庭或工作室，總要來一台傳眞機附加無線電話機的配備，才跟得上潮流。譬如男主角被女主角甩了，都是一邊盯著傳眞機滑出來的告別信，一邊流下傷心的眼淚才到位。因此，開始在家工作時，很多人都建議，應該買一台傳眞機，當然，我自己也這麼認爲。

最初那幾年，購買傳眞機的企圖非常強，到底有多強呢？大概像餓了五天的小狗期待看到狗罐頭那麼強。

我眞的常常去3C賣場觀察各款傳眞機，仔細比較各機型的功能與價錢，當然也要兼顧一下外型，畢竟，偶爾也想要過過日劇的生活啊！

起碼有十年的時間，觀察各種傳眞機，比較價錢與功能和外型，竟然變成「宿疾」一樣，但終究沒有買傳眞機，到底爲何呢？

需要靠傳眞機傳遞參考文件或交付稿件的機會其實越來越少，即使在對方開口，「請問府上有傳眞機」的時候，好像只要勇敢表明「沒有」，對方就會想辦法找快遞送件，或是想辦法掃描成電子檔，然後用網路傳遞過來，從來沒有因爲少了傳眞機，案子就做不下去的事情發生。

而且在那個網路業突然變成財經雜誌吹捧的「科技新貴蜜月期」，看到外國有所謂的科技金童在車庫創業，台灣也就出現一股集資潮，自然就有人推出「兼具傳眞收發功能的電子郵件服務」，而且還是免費，既然這樣，也不用客氣了，立刻申請加入。但是一整年下來，眞的透過這項免費服務收發傳眞文件，好像也只有兩次，所以，提供那項免費服務的網路公司，不久之後，就成爲泡沫，再見了。

免費服務消失之後，我還是沒有買傳眞機。像日劇男女主角那樣，看著傳眞機傳來分手信的情節，並沒有在我的電腦桌旁邊出現。偶爾，我還是會去賣場看看傳眞機有什麼新功能，但是，樓下街角便利商店推出傳眞收發服務之後，我就徹底死心了，決定跟家用傳眞機，揮手說再見了。

即使超商傳眞要十五元，但一年大概不會使用超過五次吧，總比我買一台傳眞機，一年用不到五次，來得划算。

科技日新月異，幾乎所有文件往來都電子化了，即使不用電子郵件傳遞，也可以透過ＭＳＮ把檔案夾來夾去，就算ＭＳＮ再見之後，還有Skype和臉書可以互相傳遞檔案，何況，最近把檔案丟在雲端空間，再分享給對方，也簡單得要命，科技果然是最薄情的啊，連拋棄舊愛另找新歡都那麼理所當然，毫無眷戀。

如此一來，傳眞機和我之間的緣分，就更淺了，彷彿提著行李箱，站在出境大廳，跟我揮手，說今生無緣，那就再見了！

也不只是今生無緣的傳眞機，就連過去十三年長相左右的噴墨印表機或後來升級爲掃描、列印、影印三合一事務機，都一併分手了。畢竟，文字稿件都變成檔案傳遞了，需要列印成紙張的，少之又少。好幾個月，才開一次機，印一張「老派業者」要求的簽收單，關機之後，又是好幾個月的沉默等待，而那墨水匣一旦閒置，很快就乾涸，噴墨頭也結痂了，墨水耗材就眞的「耗」在那裡，最後因爲脫水而嚥下最後一口氣。因此，服役中的事務機故障之後，也不再添購新機了，決定投奔樓下街角便利店。

如果一年用不到兩次傳眞機，一年用不到五次印表機，稍微算一算，購買慾望就會冷卻下來，錢，也就不必花了。

這十三年當中，如果是可以生產出數倍收入的器材，當然要捨得買，譬如，採訪必須用到的錄音筆，拍照要用到的數位相機，以及書寫與編輯、社群經營、部落格上稿的桌上型電腦和帶著走的筆電當然不能缺，畢竟，靠這些器材可以賺到數倍的回饋，猶豫不得。

至於傳眞機，我們就眞的沒那種緣分，還有印表機，過去很倚賴，但是未來用到的機會似乎越來越少，那麼，我們就好好說再見吧！

自由工作者才不是你想的那種自由呢

時間支配既然很自由，就不要讓自己變成頹廢度日的人……

不管是所謂的Freelancer或是「在家工作」，總之，我是自由了。

但是，「自由」的定義是什麼呢？

對我來說，不用拘泥於朝九晚五的出勤時間，不必被無形的鎖鍊銬在職場，不管是冗長而沒有結論的會議，或是寫了也沒有什麼實質意義的企劃書，總之，那些討主管歡心的工作，暫時不必做了。

自由，其實也是從拘束的穿著解脫，那些套裝、絲襪、窄裙、高跟鞋……必須以衣著來凸顯專業的事情，暫時也不用費心了。

自由，還有不必整天浸泡在所謂的職場人際關係之中，必須時時介意什麼話可以說，什麼話必須往肚子裡吞，什麼八卦要努力放送，什麼上司的緋聞要當成條件交換的籌碼……總之那些八點檔連續劇會出現的情節，鎮日綑綁一個人逐步走向自己所討厭的那種職場角色，也可以暫時脫身了。

但是，自由工作者，可不是自由到發懶的程度啊，一旦發懶，就會餓死。譬如在辦公室倘若有超過一半時間在網路聊天晃蕩，只要不被發現，那個月的薪水也可以順利落袋，但是，成爲自由工作者之後，要是有半個月都掛在臉書或聊天室，可沒人願意發薪水給你啊，這當然是自由的代價囉！

確實有不少朋友知道我辭去工作之後，不免心生羡慕，「好好喔，以後都可以睡到自然醒！」「好棒喔，想玩的時候就可以出去玩！」

但是，親愛的朋友們，所謂自由工作者的自由，才不是你們想的那樣啦！

如果一直陶醉在自由的美好汁液裡面，保證很快就會枯竭死亡，因爲自由不是肢體的怠惰，也不是隨心所欲，自由是必須透過勤奮的工作才能換得短暫的悠閒，這十三年以來，我所深刻體驗的自由，其實不是時間與勞力支配的多寡，而是透過自律的拘謹才換得來的快樂，很難懂吧！

起居作息必須規律，該醒的時候就要起床，該睡的時候就盡量不要熬夜。時間支配既然很自由，就不要讓自己變成頹廢度日的人。

已經允諾的案子不只要準時交付，最好能夠提前，提前交件獲得的讚美與好口碑，就是未來繼續合作的籌碼。我自己當過雜誌編輯，最厭惡拖稿這種行爲，立場交換之後，也盡量不給編輯爲難，這是我的哲學，也是職業道德，有時候，還是一種競爭力。

就算短期間內沒有稿約，也要給自己訂下寫作計畫，每天寫多少字，或每天花多少時間寫作。自由的精神放在創作的領域即可，不要天天在屋子裡面晃來晃去，一事無成。

（唉，我怎麼嘮嘮叨叨起來了，突然轉換成「勵志魔人」模式，很傷腦筋呢！）

偶爾也有好長一段時間，什麼收入都沒有，難免焦慮，但是焦慮無法度日，整天坐在家裡憂愁更不是辦法，面臨這樣的空窗期，就是讀書與寫作的好時機。我的某些長篇小說就是在這樣的閒暇期「孵出來」的成品，起碼在金錢收入乾涸的時候，精神層面的成就要適時填補才行，這也是自由的一種模式，很難懂啦，我知道。

那些以前在職場起碼要拖延好幾個禮拜的時間才能交出來的東西，爲了自由，就要想辦法用一半的時間，投注兩倍的力氣，獲得三倍的報酬，這才是自由工作者的精神。

在眾人享受連假狂歡的當下，也要關在家裡，用力拚出成績來，不要去管外面的自由，先把文章寫完才有自己的自由。

但我確實很貪戀平日看白天場電影，往往一票就能單獨包場的自由。

我喜歡平日逛百貨超市，空間突然多了好幾倍，結帳不用等很久，點餐不必抽號碼牌的自由。還有平日冷門時段預約看牙、剪燙頭髮、中醫推拿，完全不必煩惱預約爆滿。不管是醫生還是設計師或是助手小妹與推拿師傅，全部都閒閒的，等你開門大駕光臨。

不論是國光號還是高鐵，離峰特價或早鳥特惠，便宜車票就直接塞進口袋不必客氣，不僅車廂空曠，整個人倒下來躺平都不成問題。

於是去哪裡玩都可以避開假日人潮，去淡水可以慢慢沿著河堤散步，去迪化街吃杏仁露不用排隊，去艋舺三水市場走一走也無須人擠人，去微風廣場地下美食街吃拉麵，可以順便發呆半小時，也不用擔心其他客人拿著餐盤站在旁邊還跟同行的夥伴說：「這裡這裡，這個人快吃完了！」

我好喜歡這種自由啊，即使假日窩在家裡努力工作，也因爲及時交稿之後可以去享受平日的種種便利而心甘情願，就算跟親朋好友過著不同節奏的工作放假模式，因此成爲社交邊緣人，也甘之如飴。

自由，就像呼吸一樣，擁有的時候，不會覺得可貴，失去的時候，就算後悔，也來不及了。即使自由工作者的自由不是你們想像的那樣，但我已經像呼吸一樣，習慣了這個大氣層的空氣品質，一旦想像某一天要重返職場，就算收入讓我垂涎，職稱讓我得意，卻要拿自由去典當，怎麼想，都是毛骨悚然。畢竟，我已經離開那個世界太久了，呼吸不到自由，會讓我窒息，即使有誘人的收入跟驕傲的頭銜，也不值得拿自由去交換呢！

我已經變成外星人，應該回不去職場了！

早餐一定要自己做

沒有收入還一心想著被伺候，是會遭到天譴的啊……

大家都很愛問我，關於十三年不上班卻還沒餓死的祕密。

啊，已經十三年了呢～！

當初從明日報離職之後，立刻衝去日本玩了一個禮拜，內心想說，暫時過著失業的日子應該也可以，要是真的快要餓死了，就趕緊回職場吧，絕對不要逞強。但十三年以來，也還沒有到那種存摺僅僅剩下兩位數字，果眞不去上班就繳不出水電費管理費瓦斯費有線電視費ADSL費，甚至冰箱空空就要餓死的「關鍵時刻」，就這樣一年過一年，光陰似箭、歲月如梭啊！

到底有什麼祕密？突然被問到這個問題，根本不知道怎麼回答。

也許在辭去工作的剎那間，有許多恐慌，畢竟畢業之後，當了十三年上班族，除了一年留職停薪跑到東京讀書之外，每個月固定有薪水入帳的日子讓人太安逸了，當時我確實對於存摺數字不再逐月增加有許多擔憂，但是不上班的日子眞的來了，就正面對決吧！因爲前日本職棒軟體鷹的當家游擊手川崎宗則也說：「不要怕被三振，因爲不敢出棒站著被三振，比揮棒落空被三振還要糟糕。」

現在回想起來，不上班的十三年之間，除非出外採訪的時間緊迫，否則只要是在家裡，超過百分之九十九點九九幾乎都是自己準備早餐。很多人認爲自己準備早餐很麻煩，也很浪費時間，出去買個三明治或是買杯咖啡不就好了，可是我的想法不同。

領薪水的人，尤其是領高薪的人，確實可以花錢來爭取時間，因爲他們的時間可以生產出更多錢來，所以支付一部分給早餐店或便利商店，甚至貴到嚇人但是拿一杯在手上就會「有氣質到靠杯」的星巴克咖啡，應該無所謂。可是如我這種失業人口，千萬不能有這種想法，既然不用趕著出門上班，省下來的通勤時間，就要靠自己的人力來創造一些產能，節省一些金錢才對，否則就辜負了失業人口的使命了，何況沒有收入還一心想著被伺候，是會遭到天譴的啊！

上班族出門趕公車趕捷運或騎摩托車對抗寒風或開車堵在高架橋的時間成本，我都省下來了，所以，就應該花時間弄早餐。我不曉得在經濟學上面有沒有相關的專業理論來解釋這個邏輯，我的經濟學眞的很糟糕，兩個學期的總體加個體經濟學大概只上過幾堂課，因爲淡水天氣太冷，尤其排在星期六早上一、二堂，當然在宿舍睡覺，唉（離題了）。

除了失業人口的自覺，我也喜歡將早餐的備料過程作爲當日的熱身操，套一句文藝腔，就是「開啓一天的美好儀式」。吐司從烤箱裡面舒展筋骨飄散出來的香氣；咖啡豆磨過之後，在摩卡壺裡面逐漸溫潤沸騰的香氣；雞蛋從煎鍋熱溫之中彷彿雙手伸懶腰撐起來的香氣；甚至削蘋果的瞬間，都有蓄勢待發的節奏感……這樣揭開早晨序幕眞是浪漫到不行啊！

這十三年之間，每天一顆蘋果，一片「吐司偏執狂」不容妥協的各家吐司，偶爾水煮蛋偶爾蔥花蛋偶爾蛋餅偶爾蘑菇切片加上起司的豪華蛋，有時候是五穀奶加麥片，夏天偶爾也會做沙拉，近來則是自己打五穀豆漿，但最終都要以「一比二」分量調和的「咖啡加牛奶」作爲收尾。

至於到底有沒有省到錢，精算之後應該會嚇一跳。外面要吃到同樣等級的早餐，至少是類似的擺盤，搭配街邊落地窗看出去的街景，有醒腦的背景音樂，店內充滿咖啡香氣，或是美麗店員招呼「歡迎光臨」的幸福寵愛感……這種享受，代價可不小。沒有工作的失業人口，既然在家，既然很閒，起碼早餐要自己來才行。

如果這也算「十三年不上班却沒餓死的」祕密，那就是了。

我們分手吧，小黃

已經沒有凱子老闆來買單了，那麼，小黃，我們還是分手吧……

當你決定fire老闆或者被老闆fire時，就代表你自己走出職場，要不然就是老闆叫你走路。聽清楚了喔，「走路」，這兩個字，非常非常重要。

可以領薪水的日子裡，你爲了全勤獎金或是避免遲到被扣薪水，值得大手一揮、花點錢委託小黃幫你衝刺一下，那無所謂，至少刺激一下經濟，幫助一下小黃司機。但是失業之後，拜託喔，千萬不要隨便揮手叫小黃。如果你還是改不了這個爛習慣，那就盡量提前出門，搭捷運搭公車，要不然就是出門的時候拿一條粗麻繩把雙手綑起來，因爲失業的人，沒有薪水收入的人，沒辦法拿計程車資收據去報帳的人，就沒有搭計程車的權利啊！

除非，搭計程車讓你前去完成的案子可以得到的報酬，起碼超過計程車資的十倍，否則，還是乖乖坐公車、搭捷運，最好的方法，當然是走路。

不斷有人問我，十三年不上班卻還沒餓死的祕密，如果眞的有祕密的話，那就是——可以搭公車或捷運的時候絕對不招小黃；可以走路的時候，連公車十五元或捷運車資二十元，都要省下來。

還有還有，除非往後接案子需要四處移動，或者要接送小孩（但眞的這樣子，也不要率性當失業人口），總之，失業之後倘若不怎麼需要出門，那就連四輪車或兩輪的機車最好都要賣掉（尤其在台北市區，因爲大眾運輸網那麼密），因爲停車費外加油錢保險費稅金，就會一口一口吃掉存摺數字，就算只是小口小口吃，吃久了，還是會見底的。

有固定薪水收入的時候，繳了貴鬆鬆的健身房費用，找那些上下班、加班之間的空隙去運動，當然無所謂，可是失業之後，拜託快一點去退掉，或是到期之後就不要再續約了。失業人口，反正時間多的是，找附近的學校操場，要不然就去公園，再不然就找地勢平坦的步道，去走路啊，快走啊，慢跑啊……反正去健身房，也是在一部機器上面一直走一直跑，雖然那裡有冷氣有正妹有肌肉男，而且運動起來的kimochi好像比較優，不過那些美好的感覺，麻煩等找到工作月領數萬的時候再說吧！何況學校操場也有歐巴桑跳韻律操，公園也有老爺爺在那裡練甩手功啊，反正重點是運動，而且還免費，就不要跟錢過不去了。

如果是搭公車兩、三站的距離，就盡量用走的，或許你會說十五塊錢而已，有什麼好省的，但十五塊錢不省，一百五十塊錢也就存不下來，一千五百塊錢就更遙遠了。而且走路是很好的運動啊，那些養生專家不是告訴你，一天要走一萬步嘛，如果你想要花幾萬塊錢加入健身房，且每個月還要繳數千元當什麼清潔費的，那就回職場乖乖上班，不要抱怨工作讓你虛度青春，不要抱怨老闆沒有人性，因爲一切的剝削犧牲，因而得到的報償，都是粒粒血汗皆辛酸啊！

舉我自己的例子好了，除非整日颳大風下大雨，否則一定要想辦法走路。不管是早上的菜市場或是下午的黃昏市場，一律步行。這兩條路線都會遇到上下坡路段，只要穿運動鞋，就可以跟這些上下坡拚了。夏天就盡量流汗，冬天即使是十度以下低溫，也是熱呼呼，這樣子眞的很容易消耗熱量，而且健身房的費用也省了，感恩啊～

說到走路，我還曾經從南京東路環亞走到中山北路新光三越，或是從微風廣場走到行天宮，再不然就是從萬華三水市場走到西門町然後又延伸到南門市場。甚至去了東京，照樣從日本橋經過銀座再走到新橋，重點是，要穿一雙好走的鞋，衣著打扮就隨便啦，反正又不是每次在路上都會遇到金城武。

那你可能要問說，人生幹嘛過得這麼拮据無趣啊，有時候花錢搭個小黃才爽啊！

你說對了，因爲跟搭小黃的爽度比較起來，我覺得不用出門趕著上班，不用開那種天荒地老卻沒有結果的會議，就爽度而言，實在是領先太多了，所以，我才情願選擇這麼清苦地過著快樂自由的失業生活啊！

以前在企業體上班，只要打著「拜訪客戶」「創造業績」的藉口，不管路途遠近，手一揮，小黃計程車可以載你到海角天涯，只要記得塡寫計程車資申請單，去哪裡都很愜意，也有趁機揩油藉以塡補平日被公司坑殺的委屈。可是，回家工作之後，就算是「拜訪客戶」或是「創造業績」，只要搭乘小黃，看著跳表數字不斷增加，簡直手腳冰冷，內心淌血，已經沒有凱子老闆來買單了，那麼，小黃，我們還是分手吧！

回首這十三年，搭小黃的次數加總起來應該不超過五次，如果把省下來的交通費認眞計算一下，那應該也是十三年不上班還不至於餓死的祕密之一吧！

全力以赴，實現每個階段想要成為的自己

資深不上班族專訪：主持人潘月琪

潘月琪小檔案：

清大中文系畢業，熱愛生活，享受交流。廣播、活動主持、教學資歷超過 17 年，媒體訪談對象高達數千人，對談功力及專業態度深受各界來賓信賴與喜愛。三度入圍廣播金鐘獎「藝術文化節目獎」及「藝術文化節目主持人獎」。

接案源源不絕的利器：多元專業的養成

回想當年，大學畢業典禮在即，許多同學還在猶豫是否要繼續攻讀研究所，我已經應徵上新竹環宇廣播電台。上班第一天，就接手主持每天早上九點到十一點的節目，同時擔任節目企劃和新聞採編。電台草創不久，上班時間長達十多個小時，曾經太累騎車出車禍，血流滿面的我第一時間不是打電話叫救護車，而是打到電台：「我出車禍了，明天麻煩某某幫我代班好嗎？」對我來說，這些過程並不苦，反而很興奮思考每一次節目（或廣告）文案，開心參與配音，努力吸收學習。漸漸地，我對廣播節目的產製過程，從「上游到下游」瞭若指掌，爲能讓節目盡善盡美，即使現在已經是大家眼中的資深主持人，我仍習慣親自發想、擬稿、邀約採訪、後製，盡量不麻煩他人。

進入環宇電台工作兩年多，發現自己對主持及創作的興趣越來越濃，於是我用心寫了一封很長的辭職信，並向主管私下懇談，表示希望成爲特約節目主持人，專心把節目做好。與公司達成協議後，我開啓了「第一次」自由工作者的生活。主持廣播節目、接案替出版社編輯書稿，成爲當時工作的主旋律。

嘗試自由工作半年多後，爲了開拓視野，我遠赴台中大千電台，重新過著上班打卡的日子，從事節目企劃、單元撰述及新聞編播，與老東家也持續合作。這次在台中的正職只做了一年多，更加確定自己渴望更多元的工作類型，更自主的工作內容，以及更彈性的時間安排。因此我再次誠懇向主管提出想法，第二次轉爲自由工作者，擔任電台特約配音員及單元撰述，這段期間，我出版了兩本書。

不久後，機緣巧合下，我成爲教育電台彰化分臺的特約主持人，很幸運入圍過幾次金鐘獎。認眞算起來，我只當過三年多全職上班族，其他日子，一直跟不同電台交流合作，最高紀錄曾經同時幫三家電台主持三個節目。一直以來，以「廣播主持人」身份爲專業核心，並同步精進活動主持、教學、寫作技能，經過多年累積，成爲「自由媒體人」及口語表達訓練講師似乎是全力以赴之後的「水到渠成」。

認識我的朋友都知道，在主持節目之前，我一定會做足準備，譬如我曾爲國立教育電台製作主持「漫遊圖書館」節目，介紹全台灣深具特色的公共圖書館。雖然每集只有五分鐘，共十三集，但要先篩選適合的圖書館、邀約受訪者，親自下鄉走訪。蒐集聲音素材回來後，還必須進行後製剪輯，再細聽作品成果。當時手邊還有其他案子，因此歷時三~四個月才完成，實際工作天約莫一個月。若是比較熟悉的藝文主題，我就能依據本身長期累積的知識，快速翻閱相關資料，再延伸了解受訪者背景及作品特色，順利進行訪談。

無論工作上還是私底下，我堅持以眞誠的心與人相處，無論對方的身分或職等，我都一視同仁，給予友善與尊重。而我相信，每個人都需要被重視、被關心，再加上我對人總是充滿好奇，會主動跟對方交談，想多了解對方，因此跟許多訪談來賓、合作對象，最後都變成了好朋友。

自由工作者的美麗與哀愁

如果問我，當時初出茅廬的自己，爲了獲得更多經歷與成長，選擇當自由工作者，心裡有沒有掙扎？肯定是有的。除了收入不再固定，重感情的我，對朝夕相處的同事也充滿不捨。但讓我下定決心的關鍵，是我清楚了解自己對於嘗試新事物及持續成長充滿渴望；也深切希望所有努力及成就，能讓家人感到驕傲。當然，我早做好心理準備，如果接案狀況不盡理想，就接受正職工作的邀約，或放寬對工作內容的堅持。但經過多年，我按照自己的步調前進，傾聽內心的聲音，偶爾接受生命中出現的意外，所經歷的人物風景勒非常豐富美好，我從來不曾想過要回去上班。

許多人好奇，自由工作者是不是眞的很自由？的確，在時間運用上，比過去在電台做正職彈性許多，經濟狀況允許下，想旅居國外一～三個月也並非不可能，還可以避開旺季，大大減少旅費支出。可惜台灣是一個頗看重「名牌」的社會，曾經遇過少數合作廠商，因爲我沒有顯赫的媒體或經紀公司作後盾，或不清楚我的專業資歷，以冷漠或無禮的態度對待，這部份必須調適。但當合作順利結束，對方態度轉爲友善肯定，心中又會十分開心。

自由工作者案源不一定穩定，勞健保要自己負擔，也沒有三節禮金等福利保障，通常對金錢比較有焦慮感，初期一定要培養儲蓄、理財能力。在所有開銷中，房租可能佔最高比例，過去長達十年時間，我跟朋友合租房子，因而省下不少支出。另外，也要掌控對物質的慾望，心中隨時有一把尺，清晰明白自己的購買能力在什麼位置。

以口語表達專業為核心，多元延伸職涯跑道

二〇一〇年開始，記者會、發表會、講座論壇、頒獎典禮等活動主持邀約越來越多，比起廣播主持，活動主持更是集口語表達能力之大成，對於談話內容、儀態、臨場反應、穿著打扮都要

面面俱到。若遇上艱深、專業度高的主題，例如國土空間發展專書發表會、數位出版發展趨勢論壇等，我會熟讀資料，重新歸納整理，讓內容深入淺出，幫助在場所有人理解。雖然辛苦，主辦單位、媒體、觀眾給予的直接回饋，千金難買。我曾主持歌手林宥嘉的新書對談會，當天除了林宥嘉，還有作家萬金油與知名平面設計師聶永真。活動結束後，回家路上巧遇他們的粉絲，沒想到，大家對我的主持表現再三肯定，甚至聊著聊著，一起搭捷運，繼續暢談未完的話題。

這些年，我陸續在中興大學、學學文創開設口語表達、主持技巧課程，也受邀到晶華酒店、緯創、和碩設計等企業單位授課。課堂上，我喜歡設計各種活動，幫助學生做各式各樣的口語演練，一方面活絡上課氣氛，讓大家可以享受學習。投影片也是我重視的環節，花不少時間設計製作，若找到或想到更合適的內容，會隨時置換或增加。

工作難免有時感到壓力疲勞，尤其主持、教課都需要耗費大量精神體力，而每週一晚上到雲門舞蹈教室放鬆身心，與朋友聊天、閱讀、聽音樂、旅行，是我平衡生活的最佳方式。這條自由工作者之路，還有許多值得發掘的寶藏，至今我仍興味盎然，打開五感，繼續向前走。

作息規劃：隨興卻充實的 24 小時

AM 8：00
08:00~09:00 慢慢從床上甦醒，梳洗保養

AM 9：00
09:00~10:00 早餐時光（順便瀏覽當日重點新聞，常鎖定財經新聞台及旅遊生活頻道。）

AM 10：00
10:00~12:30 寓工作於生活（若無教課主持行程，在家處理電子郵件、備課、看書、寫作、打掃、客戶溝通。偶爾幻想下一站旅遊地點，立刻上網查機票價格。）

PM 12：30
12:30~14:00 午餐時光（若當天不忙，會選一家咖啡館慢慢享用午餐，結束後逛誠品。）

PM 2：00
14:00~17:30　工作或進修（若無教課主持進修行程，則在家處理電子郵件、備課、看書、打掃、客戶溝通。假如天氣晴朗，會外出小散步。）

PM 5：30
17:30~18:00 小睡片刻

PM 6：00
18:00~19:00　晚餐時光

PM 7：00
19:00~22:00　工作或進修（週一固定到雲門舞蹈教室，不定時和朋友聚餐或欣賞表演）

PM 10：00
22:00~23:00 梳洗保養，（順便看電視，以歐美影集或電影台為主）

PM 11：00
23:00~24:00　點精油，放音樂，享受閱讀時光

PM 12：00
24:00~01:00　感謝今天遇到的人事物，滿足鑽進被窩

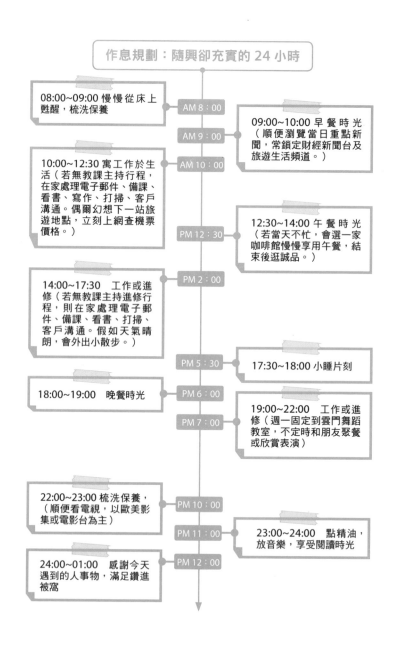

給「新手上路的不上班族」的建議

1
專業能力的培養：實力很重要。

2
人脈的奠定：但不汲汲營營。

3
財經知識的建立：要有理財能力。

4
必須懂得適時放鬆：享受生活，延長對工作的續航力。

工作領域所需具備的專業條件

1
口語表達能力：主持、教學、演講以及與客戶談案子都需要口語表達能力，良好的口語表達，不僅為專業形象加分，也會提升他人對自己的好感度。如欲培養相關能力，除了從實務經驗累積，彼得．麥爾斯、夏安．倪克斯合著的《成功都是說出來的：全球500大企業都在用的完美溝通術》、周震宇《聲入人心－教你如何洞悉人性、說話動聽》都是值得閱讀的參考資料。

2
寫作能力：自由工作者常需要自己提案，會利用mail、FB或不同網路平台跟客戶交流，你的談吐、所寫出來的每個措詞字句，可能將是別人形塑你的想像根據。

3
EQ（情緒智商）：遇到不那麼尊重自由工作者的合作對象，如何展現EQ，把自己的專業表現出來，維持「人和」，非常考驗情緒智商。

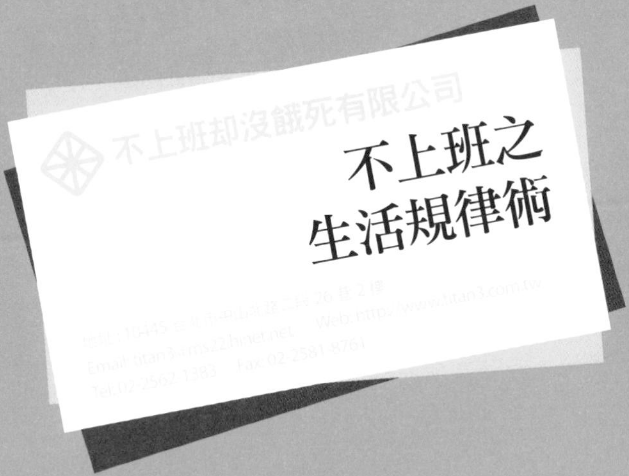

不上班之 生活規律術

即使不上班也要當「朝型人間」

我懷疑自己是植物，或類似農夫，只要有陽光，就會醒過來……

某次在網路YouTube閒逛時，看到日本電視台「ズームイン！Ｓｕｐｅｒ」（Zoom In!!Super）的一段影片，也因此知道所謂的「朝型人間」說法。

那是個清早五點二十分播到八點鐘的新聞節目，主播是「羽鳥慎一」。羽鳥主播曾經出現在放克猴寶貝的ＰＶ「ヒーロー」（點閱超過二百萬，感動，必看），據說也是個「嵐飯」（嵐的

Fans啦）！

那段影片是Zoom In在某一次獨家訪談的機會，邀請視覺系搖滾樂團X Japan團長YOSHIKI製作天氣預報主題曲的一段報導。在影片一分零八秒的地方，YOSHIKI說，他是個喜歡「下雨、黑暗，以及夜晚的人」，這種個性與生活習性，相對於Zoom In在晨間播出，顯得很極端。但他開玩笑說，不如趁此機會變成「朝型人間」吧！

關鍵字出現了，「朝型人間」（あさがたにんげん）；相對應的，如YOSHIKI這種夜貓子，就叫做「夜型人間」（よるがたにんげん）。

根據睡眠醫學的研究如下：

朝型人間的特色是：**能夠輕鬆醒來／血壓比較高／食慾比較好／一定吃早餐／中午以前的工作效率絕佳／屬於積極和行動派的性格／比較不在意細微的枝節／就寢時間比較早，容易入睡／對於睡眠時間不固定的情況會非常苦惱／對時差的適應能力很弱。**

夜型人間的特色是：**起床是一件痛苦的事情／血壓比較低／胃腸功能不好，食慾比較差／幾乎不吃早餐／中午之前幾乎沒什麼力氣／屬於消極的，輾轉考慮的**

性格／神經質／熬夜或整晚不睡也沒關係／對於睡眠時間不固定一點都不在意／對時差的適應能力非常強。

很多人都以為像我這種不必出門上班、不必過著朝九晚五的通勤生活、沒有固定雇主的失業人口、而且是靠文字為生的人，應該是夜貓子，屬於夜型人間，應該是晚上的靈感特別好，文思泉湧，腦筋清楚，所以第一次找我談事情，都會刻意選擇晚上，較離譜的，還有約在晚間九點過後，原本以為是貼心的安排，卻被我委婉拒絕，因為我不是夜型人間。

依照我的作息，大概傍晚六點鐘過後，就不太喜歡思考，也不太喜歡講話，腦袋呈現停滯狀態，僅僅維持基本的電力而已。最常從事的活動就是躺在沙發上面看棒球轉播、看日劇、讀小說，總之，大腦跟身體「都在為著夜晚即將來臨的睡眠做準備」。

即使不用趕著出門上班，還是盡量在八點鐘之前起床，遇到夏天則更早，不到六點半，就自然甦醒。我懷疑自己是植物，或類似農夫，只要有陽光，就會醒過來。要是在台灣看得到羽鳥主播的Zoom In，那我也願意五點半起床。

過去曾經因為睡眠多夢的問題，利用門診的機會，請教過醫生，不管是家醫科還是中醫師，都暗示過，可能是一種腦袋會釋放不正常腦波的體質，要盡量避免睡前過度腦部活動。這樣的提醒，一直被我奉爲日常作息的圭臬。而我又是一個睡眠時間倘若不夠，一整天就會很機車很焦躁的人，所以不喜歡去時差會造成日夜顚倒的國家旅行，盡量十一點鐘就躺在床上準備睡覺，偶爾能讓我半夜醒來的動機就是球賽轉播，因此WBC與世足賽期間，簡直是大考驗。

但是看了日本睡眠醫學的定義，我其實也有夜型人間的特質，譬如某種程度的神經質，性格方面也有消極和反覆考慮、猶豫不決的膽怯面向，如同YOSHIKI雖然說他是夜型人間，但他會因爲咖哩太辣就生氣翻桌，因爲洛杉磯的錄音室租金太貴，又被團員砸壞設備要賠錢，就乾脆花錢把錄音室買下來……這種氣魄，應該屬於朝型人間吧！像我就沒本事也沒膽量那般瘋狂。

日本這幾年之間，似乎有那種朝著「朝型人間」努力的風氣，甚至出現「朝型人間」的商機。譬如，很多上班族努力早起，去健身房運動，去語言班上課，然後再神清氣爽去上班，甚至日本YAHOO網站也很認眞地做了朝型人間特集，日本人有時候眞是不可思議的偏執啊！

但早起的罩門就是，即使吃了早餐，好像也沒辦法撐到中午；而吃過中飯之後，也必然要小睡一下補眠。專門討論睡眠品質的日本網站有提到，要從夜型人間轉化成朝型人間的關鍵不是「早睡」，而應該是從「早起」下手。

然而，每天早起的羽鳥主播後來離開日本電視台Zoom In，跳槽到朝日電視台主持另一個八點鐘開播的晨間新聞節目，播出時間晚一些，但據說羽鳥主播還是每天清晨四點半起床，是定義非常嚴謹的朝型人間無誤。

過去幾年，自己也曾經想過，是不是來挑戰一下更嚴謹的朝型人間作息呢？最好是天微亮的時候就自然醒來，靜坐一下，做些拉筋柔軟操，或是可以去屋後河邊散步，或去公園慢跑，然後吃一頓自己料理的早餐，趁著午前腦筋清楚的時段，固定書寫三到四個小時，午後小睡一下，醒來處理雜事，出外購物，到了晚上，就盡量放空，早早入眠。

可惜，這套嚴謹的朝型人間調整作業始終無法如願，往往起床之後，打開電腦，連上網路，就被諸多瑣事纏住，主動或被動被網路的話題與對話揪住，等到排除那些繁瑣細碎的網路交際之後，往往過了正午，當眞要開始寫作時，又來到睡午覺的那種渾身無力的時刻，眞是糟糕。

總之，成爲更嚴謹的朝型人間，應該是下一個十三年努力的目標吧！

但聽說年紀大了，自然就會早起，自然就會早睡，甚至出現老人家才會有的「症頭」，也就是「坐著，就睡著；躺著，卻睡不著」，會不會到了那樣的人生階段，也就自然進化成更高層次的朝型人間呢？眞令人期待啊！

節儉不是美德而是態度

失業的人，就該有所自覺，也就是要有當窮人的自覺……

離開職場，清楚認知到從今而後的每個月，不會有固定一筆錢自動匯入銀行帳戶，到了年底，也不會有什麼紅利獎金入帳之後，那就表示，往後的日子，要開始縮衣節食了。

我可能只花了一個晚上，感覺到貧窮逐漸逼近的焦慮，但是隔天醒來，就已經開始思考對策了。畢竟，苦惱或擔憂，並沒什麼具體的療效，更不會有鈔票恰好從天而降，砸到我的腦袋。總之，不管是因爲厭倦職場或是眞的不想看老闆臉色，既然做了決定，辭呈遞出去，事實就已經擺在眼前了，那就是，我失業了……失業的人，就該有所自覺，也就是要有當窮人的自覺。

所謂窮人的自覺，其實不算生疏。剛開始離鄉來到台北讀大學時，當時未滿二十歲，雖然跟家裡父母拿錢，但也盡量過著節儉的生活。兩樣青菜一樣葷食就能打發的廉價自助餐，一條吐司可以撐好幾天，水煮麵條乾拌醬油烏醋就很美味，畢竟從小看著父母節儉奮鬥過來的，血液基因裡面可能早有覺悟。

再說畢業之後，初入職場，薪水扣掉房租其實也沒剩多少，那樣的日子都安然度過了，想要重來，應該不會太難吧！

話雖如此，但畢竟也過了幾年高薪的生活，出手消費向來沒什麼顧慮，只要心情不好，就吃大餐或逛街購物，藉花錢得到的短暫幸福假象來塡空職場的挫敗與倦怠，可是失業之後，類似的消費態度非得戒掉不行，要不然，就只有死路一條了。

以前總是以工作疲累爲藉口，去高檔昂貴的髮廊洗頭按摩，有時候還要假掰做個指甲保養，這種奢華的貴婦行爲應該戒掉，最好是剪一次短髮可以撐半年到十個月，至於染髮洗髮剪劉海，盡可能要自己來。

以心情不好爲藉口，吆喝朋友吃大餐唱KTV也可以免了，可以容忍的範圍就是去柑仔店拎一罐啤酒回來借酒澆愁即可，微醺之後，倒頭就睡，隔天醒來，又是一條英雄好漢。

因爲很少出門，買新衣新鞋的開銷可以省了。挑鞋子就挑好穿耐穿可以跑步快走不會腳趾外翻，也不會因爲鞋跟太高太尖而摔斷腿的鞋款就好，反正在家工作，赤腳的時候最多，那就不必多費心了。衣服的部分，流行時尚的款式暫且不考慮，最好是實穿又便宜的基本款，雖說基本款，但也常常不小心買了類似的樣式而不自覺，但盡量不買昂貴的衣物，只要看到吊牌標價立刻換算成一字一元的稿費，保證立刻放下衣服，頭也不回，離開現場。

如果可以，冷氣也該貼上封條，一個人在家工作，倘若開一整天空調，爲了不熱死，恐怕先餓死。但實際測試過，不開冷氣，好像也沒有想像中的辛苦。以前在辦公室穿厚外套吹冷氣的行爲太嬌貴了，失業之後，電費帳單就是自己該負擔的生活挑戰，只要有電風扇，有開窗的自然風，不超過三十四度就不輕易開啓空調，已經成爲夏日的基本態度了。因爲可以徹底流汗，也就不怕密閉空調造成的鼻過敏與偏頭痛，我對地球最友善了，但其實是想要省錢啊！

要是接到喜帖，如果是熟朋友，紅包當然避不掉，不是太熟的，就量力而爲，至於那些根本沒什麼交情的，就採取「無視」，反正以後也不會回炸反擊，碰面的機會等於零，那就裝傻吧！年紀大了，臉皮厚了，這種事情是做得出來的。

還好自己的朋友圈子該結婚的都已經結了，已經結婚的，除非離婚之後再婚，否則被轟的機率也不大。可別小看喜帖，一個月來兩張，起碼要多寫一萬字才能挺得住啊！何況也沒什麼像樣的衣服可以穿去喝喜酒，以前的套裝明明很寬鬆卻突然變成XS號那樣迷你，就算衣服很漂亮也沒有鞋子可以搭，現在買的衣服比較像是去夜市打彈珠的模樣，所以喝喜酒，確實很苦惱啊！

如果去超市採買，一樣的盒裝豬肉片，選較輕較便宜的，反正一次少吃幾片不是問題；青菜都是一把一把，就選分量少的；買衛生紙也要斤斤計較到底一串有幾包，一包有幾抽；那些四包裝特價，或是第二件七折，買一送一的促銷，全部要加減乘除，不要被促銷花招騙了。

但是節儉並不是毫無界線，即使貴一點，還是要買人道飼養雞蛋，因爲可以四處散步的母雞比較快樂，生出來的雞蛋應該比較開心；豆類製品則是要挑非基因改造黃豆；五穀豆漿要買有機豆子自己打；醬油最好是本土黑豆釀造；米粉必須是純米製造，不可以拿玉米粉出來跑龍套。倘若吃了太多對健康有疑慮的添加物而造成身體病痛，要額外花錢治療，那才是大支出呢！

不過，偶爾也會浮現類似的感慨，幹嘛過得這麼小氣、過得這麼清苦啊，會不會哪天突然賺大錢了，卻喪失花錢開心的能力呢？

我說啊，這種事情根本不用擔心，古人不是說，「由儉入奢易，由奢入儉難」，這可不是國文考試的名詞解釋而已，當眞去身體力行，如果節儉的養成都不是問題了，還需要擔心別的嗎？

更何況，偶爾因爲一筆像樣的酬勞入帳，也會興起那種，「既然手頭寬一點，那麼，買一雙好一點的跑鞋吧……吃一餐好料的吧……挑一件喜歡的上衣吧……」然後「想要的慾望」跟「購買的衝動」一旦勾肩搭背，很快就失控了，這種能力，向來都不必擔心的啊！

總之，這十三年之間，節儉已經不是什麼美德，早就成爲生活態度了。反正不必上班，也就很少因爲討厭的主管或討厭的同事而生氣，也不必被毫無結論的會議折磨，憤怒或沮喪的機會很少，就不必花大錢來平衡壞情緒，這也是不上班的福利啊！

謝天謝地，我不愛名牌包

感謝啊，我不愛名牌包，省下來的錢，起碼可以出國旅行好幾趟……

關於名牌包，其實有一些感觸。

在職場生涯領有高薪的那幾年，也曾經買過一個名牌包，很貴，非常貴。

但是刷卡付帳之後，飽滿的虛榮與幸福感，立刻充滿五臟內腑，那感覺很難具體形容，即使現在回憶起來，還是覺得飄飄然，彷彿整個人被一團粉紅色氣球包圍，還有一個樂手在身後不遠的地方，吹著號角，一路隨行。

提著該名牌專櫃的紙袋子，走進夜晚的街道，感覺自己瞬間升級爲貴婦或公主，所有路人的目光都看著我手上閃閃發亮的紙袋Logo……呵呵，其實路人並沒有這個意思啦，而是我自己想太多了。

後來，那個皮包，也沒有用過幾次，因爲怕弄髒，怕刮傷，有些場合又覺得不必如此隆重，也就一直用同樣也高級到嚇死人的白色鬆緊布包保護著，偶爾拿出來「保養」一下，不知不覺，也就過了好幾年。名牌包一直被幽禁在衣櫃裡，既不透氣也不見光，倘若皮包有靈性，一定悶得要死。

後來，那名牌包不知道跑哪裡去了。

倒也不是說，因爲太悶，皮包自己長腳逃跑了，有可能是趁著網拍剛興起的那幾年脫手了，也可能送給什麼長輩當禮物，總之，那名牌包曾經存在的證據，變得很薄弱。

彷彿是供起來的祭品，或是成爲貴婦名媛的一張證書或入場券，想要證實自己的品味或身分或任何在那個年頭因爲欠缺自信而必須靠物質來塡補的空虛感，但也因爲和自己的體質不合，我對名牌包，從此失去興趣。

因此，看到某些電視節目，許多裝扮如芭比娃娃的女藝人排排坐，懷裡緊緊抱著各自帶來的名牌包，敘述她們如何省吃儉用，如何努力工作，就為了買那些限量的、新款的名牌包的時候，眞是充滿勵志的光芒啊！

通常這類節目還會請到所謂的時尚專家（就是稱之為××老師的人），拿出那些明顯是置入性行銷的廠商提供的包包，一旦這種「關鍵時刻」登場，寶傑並不會出現，而是那些芭比娃娃會開始尖叫，哀嚎，然後紛紛發誓，無論如何，一定要擁有那樣的包，只要抱著那些名牌包，即使不吃不喝，也能過著幸福快樂的生活。

不知為何，我還挺喜歡看到類似的畫面，並不是要塡補自己對名牌包逐漸欠缺的情感，而是非常佩服這些女藝人，可以為了昂貴的名牌包，省吃儉用，就某種程度來說，那也是一種熱情吧！接近於小聯盟球員渴望上大聯盟一樣，即使只有一場，一個打席，人生都已足夠。

我也會想起日劇「大和拜金女」當中，松嶋菜菜子飾演的那位崇拜名牌的空姐，雖然住在老舊髒亂的狹窄出租屋，也要拚命買名牌包，穿名牌服飾，跟有錢的公子聯誼。遇到了貧窮的魚販第二代，因為對方佩戴一個馬會胸章而誤以為貧窮的數學天才是有錢人家的少爺，反正種種拜金的行為，最後還是敗給眞心的愛情。哈哈，但那是戲劇啊，眞實世界裡面，倘若要養得起那麼多名牌包與名牌衣服鞋子，本錢要很夠，後台要很硬才行吧！

因此，失業的這十三年，眞的要感謝自己熱中與執著的東西，都不必花費太多錢。值得慶賀的時候，頂多一罐五十元不到的啤酒；想要犒賞自己的時候，就去看一場早場電影（因爲是平日，很容易一個人包場）；無聊的時候，買一本小說可以讀一個禮拜；失落的時候，把看過好幾遍的DVD拿出來激勵自己，睡覺醒來，又如往常一樣堅強。

名牌包曾經給我短暫的幸福感，但是那幸福的感覺剎那就流失，反倒是自己鍾愛的那些小小滿足，那種微甜卻扎實的快樂，卻能一路沉澱，成爲養分。

如果爲了一個動輒數萬的名牌包，因此有了努力工作、受盡委屈也無所謂的決心，好像也不賴，但是感謝啊，我不愛名牌包，因此省下來的錢，起碼可以出國旅行好幾趟，或是支付好幾年的水電瓦斯ADSL費用。

我也不是科技狂！智慧型手機已經出了好幾代，我還是靠智障型手機撐了好幾年，即使換了智慧型手機，也沒有申辦3G上網吃到飽，頂多在免費wifi的地方上網，處理一些緊急的事情而已。瀏覽路上風景比較重要，或是隨身拿本小說閱讀比較愜意，我不喜歡低頭滑手機，也很怕被低頭滑手機的人撞到。像我這種長時間被網路綁在家裡的人，一旦出門，就像大竄逃一樣，根本不想被網路綑綁，所以，不會追逐什麼新型的機款，也不會一直購買新機換掉舊機，感謝啊，我不是科技狂。

我也不是買鞋狂！不會在意什麼當季流行因素、什麼小腿線條、什麼鞋跟高度，總之，那些女藝人蒐集的名鞋，穿起來像自虐的刑具，一旦跌倒就會骨折或扭傷的鞋款，或擺在家裡看起來很爽的鞋，都不在我的「守備範圍」之內。個人挑選鞋子的原則就是，好穿，耐穿，好走，價錢公道，畢竟，離開職場的時候就已經下定決心，可以走路就不搭公車，可以搭公車就不會招小黃，一雙好走的鞋，勝過時髦的名牌鞋。謝天謝地啊，我不愛名牌鞋。

並不是說名牌貨不好，或科技狂不對，而是很慶幸自己剛好不是，也就可以多一些餘力和金錢來度過失業的這十三年。如果我熱愛名牌、在意科技產品的進化，當初就沒有那個膽量離開職場，畢竟，那可是不小的開銷啊！

星巴克，你賺不到我的錢

星巴克，你真的賺不到我的錢了。不過連鎖咖啡館的生意那麼好，應該也沒差我這一份吧……

這標題用了星巴克，但其實也不只星巴克，其他連鎖咖啡館也包括在內，甚至是那些賣咖啡的便利店，也漸漸賺不到我的錢了。

只是星巴克有指標性啊，畢竟拿著星巴克的咖啡走在路上的上班族，不管是穿西裝的男生，還是穿套裝的女生，看起來都好帥好美，好像日劇走出來的明星，有氣質到「靠杯」啊（不過，陳柏霖、趙又廷跟桂綸鎂也開始代言速食店與便利店的咖啡之後，星巴克應該很緊張吧！這是題外話）。

其實，自己還是職場女工的那幾年，也很喜歡泡在連鎖咖啡館，不僅僅是喜歡，嚴格說起來，已經成爲情緒移轉的依賴了。走入咖啡館，就好像推開某種形態的旋轉門，轉一圈，走入另一個咖啡因的世界，那些煩惱，先踹到牆邊吧！

有一陣子，甚至會特意早起，到公司附近的咖啡館吃早餐，只要推開門，咖啡香氣與烤麵包的焦味，還有煎蛋的那種混搭著熱油沸騰上來的氣味迎面而來，即使是店員制式的「歡迎光臨」，聽起來都覺得很溫暖。

我想，那個階段的自己，應該非常渴望用這樣的儀式，開啓無趣上班生活的早晨吧！

某些部門裡的小會議，偶爾也會從辦公室移到鄰近的咖啡館，大家圍著圓桌，喝那種假掰又昂貴的咖啡，再搭配甜滋滋的蛋糕，反正是公司或部門主管出錢，吃喝起來，特別爽快。類似這種部門裡的小型會議也不是眞的要決定什麼或檢討什麼，多數時間都在講老闆的壞話，或是抱怨其他部門同事的種種牢騷，因爲糟糕的情緒獲得療癒了，以爲是咖啡甜點幫了大忙，也因此產生錯覺，對連鎖咖啡館的倚賴又多了一些。

仔細回想，那幾年發生在職場的幾個重要事件，都剛好與辦公室附近的咖啡館有關，譬如直屬主管解釋年度升遷為何漏掉自己，就是搭配星巴克；上司跳槽之後，偷偷約了碰面談挖角的事情，好像在怡客咖啡；某某女同事受了委屈，經理囑咐我陪她聊一聊，則是去了已經改名的真鍋咖啡，而且還是經理買單，事前拿了一千塊錢鈔票，事後也不用找零，超級慷慨的。

即使是一個人，因為遇到火大的事情，也會突然衝出辦公室，跑去連鎖咖啡館冰鎮一下腦袋，點一杯咖啡，坐在玻璃窗前的高腳椅，看著行人來往，心裡的怒氣好像可以冷卻下來，也就決定不去計較那些討厭的事情了。

對那個階段的自己來說，咖啡館確實像朋友那樣存在著，喜怒哀樂，所有情緒，都可以用一杯咖啡的代價，獲得認同與排遣。

也不僅僅是情緒的問題，想要治癒偏頭痛與嗜睡而倚賴咖啡因的企圖也確實存在著，可是，喝了咖啡之後的心悸與胃痛，更是像惡性循環那樣，變成互相詛咒卻不得不緊緊依偎的壞習慣。

總之，那些日子，幾乎是以一天兩杯咖啡的進度在摧殘自己的身體，不喝會偏頭痛，喝了會胃痛，同事之間互相關懷的情誼就是各自抽屜不同廠牌的胃藥，而且不管換幾次工作，公司附近都會恰好有一間胃腸科診所，醫生給的忠告千篇一律就是「換一個環境就好了」。當時心想，「放屁啦，換一個環境哪有那麼簡單」，沒想到，幾年之後，我真的換環境了。

沒有公司的免費咖啡機與三合一粉末咖啡，沒有主管買單請客，沒有各種大小會議供應的連鎖咖啡館或便利店的拿鐵卡布美式，也沒有固定月薪支付各種情緒出口的咖啡館早晨與午後，我開始認眞思考，偏頭痛、嗜睡或噁心胃痛心悸，是不是眞的如同公司附近那些小診所醫生所說的，換個環境就好了呢？

如果還繼續著職場女工時期那樣的日常咖啡比重，一天自掏腰包的咖啡預算到底需要多少錢？那些連鎖咖啡館的人事費用、房屋租金、廣告行銷、成本利潤，換算成稿費，到底要寫多少字，才夠我排遣那些喜怒哀樂或僅僅是貪圖日劇那種氣質假掰的代價呢？

決定了，自己煮咖啡。

失業窮人，多的是時間，我要開始花時間與力氣來善待自己，以「歡迎光臨」的店員寒暄，跟自己道早安，以此開啓一天的工作模式，這樣子，應該不錯。

我甚至連三合一粉末式的咖啡與超商冷藏櫃的拉環鋁罐咖啡都戒掉了，凡是添加了高果糖與人工奶精的配方都要戒掉，連鎖咖啡館動輒上百元的咖啡也要戒掉，就連便利店那種可以快速累積點數或是第二杯半價的咖啡也幾乎不碰，我已經對自己煮的咖啡成癮了，既不會噁心胃痛，也不會心跳過快，就好像一個站穩大聯盟先發輪值的投手一樣，完全掌握自己的球路，想要落在九宮格的哪個區塊，都能隨心所欲。

如果一天省下一百元的咖啡費用，一個禮拜可以省下七百元，一個月起碼省下三千元，一年就多存了三萬六千元，外加各種胃散胃藥胃乳和診所掛號費，應該不止這個價錢。而購買半磅咖啡豆不到二百元，可以煮一個月的分量，鮮奶支出也僅僅是配角而已，加減乘除，根本是壓倒性的大勝啊！

十三年了，完全驗證了那些小診所的胃腸科醫師說的，換一個環境就好了。我不必因爲偏頭痛與嗜睡而大量引用高含量咖啡因的連鎖咖啡館高價咖啡，不必因爲喝了咖啡就得忍受胃痛噁心或心悸的痛苦。以前我覺得醫生的忠告根本是不可能的任務，現在，我透過眞實的人生實驗，找到自己跟咖啡互相依存的合理模式，而且不是什麼苦澀的修行或過於節儉的淒涼，我還是跟咖啡天天相見，和諧相處。

但是，星巴克，你眞的賺不到我的錢了，不過連鎖咖啡館的生意那麼好，應該也沒差我這一份吧！

然而，我可以體會，上班族眞的需要一杯昂貴的連鎖咖啡館，或即使不算貴但根本不好喝的便利店咖啡，那已經超越咖啡的意義了，而是在職場被羞辱、被打擊的沮喪低潮時，可以被款待、被理解的一種相對巨大的呵護。但是請千萬記得，如果有一天，離開職場，在家工作，換一種養活自己的工作模式時，這種類型的咖啡消費預算，絕對是可以克服、可以禁斷的首要目標喔！

才沒有在咖啡館寫稿這種事情呢

傳說中的文思泉湧，到底在哪裡？不只看不到溫泉頭，連小溝渠都沒有呢……

這幾年要是被問到，「會去咖啡館寫稿嗎？」

我總是毫不猶豫回答，「不會！」

即使是簡單兩個字的答案，還是讓問話者感到訝異，甚至，倒退兩、三步，彷彿見到罕見的異類。

「寫稿」與「咖啡館」，爲什麼硬要綁在一起呢？甚至，很多人會以爲在咖啡館寫稿是天經地義的事情，到了咖啡館必然文思泉湧，偉大的作家都會在咖啡館創作出偉大的作品，不僅是常客，有固定座位，還有特定的咖啡喜好，最好還有寄放在店家的特別杯子……諸如此類的想像，已經被渲染成類似「虎姑婆」那樣的都市傳說了。

因此被質問「妳不會在咖啡館寫稿？怎麼可能？」的時候，眞有種哭笑不得的尷尬。

總之，因爲不擅長在咖啡館寫稿，好像被歧視了，說來也很滑稽。

好吧，那就從頭招來，畢竟，這也是一段「心路歷程」啊！雖然那「歷程」僅僅只有一次實驗而已。

一開始，我也不是沒考慮過，炎炎夏日，爲了每日每夜的冷氣電費支出，不如，白天就找一間咖啡館來寫稿吧！

很多浮誇的判斷都是來自於不成熟且過於浪漫的想像，以爲找一間咖啡館，點一杯咖啡，打開筆記型電腦，所謂的「文思泉湧」啊，就好像文字不斷從敲擊鍵盤的節奏中，如水力強大的溫泉口那樣，一千字、兩千字、五千字，不斷噴發出來。

我眞的帶著筆記型電腦，點了一杯新台幣百元起跳的咖啡，還因爲店長慫恿，推銷什麼下午茶優惠，硬是搭了一塊披著厚重奶油假掰的文青口味蛋糕，而且那蛋糕的名字好長，長到那些字拆開來都還算熟識，可是手牽手心連心之後，好像繞口令一樣，吃過之後，完全想不起來叫什麼，總之是搭配下午茶優惠的甜點啦！

但那根本不是重點，而是，咖啡也喝了，甜點也吃了，按下筆記型電腦Power，開了一個Word檔案，聽著咖啡館的音樂，腦袋卻一片空白。傳說中的文思泉湧，到底在哪裡？不只看不到溫泉頭，連小溝渠都沒有呢！

因爲店內提供免費wifi，於是，逛起購物網站，還看完所有網路新聞，努力醞釀些許文思泉湧的感覺，但是點入YouTube之後就難以抽身了。

兩個小時過去，不要說標題了，連標點符號都沒有。

這樣子怎麼行，那就關掉wifi吧！沒想到，新的樂趣來了。

右手邊有兩位上班族模樣的三十幾歲男子互相吹噓自己的業績，還毒舌批評他們的主管，而左手邊那桌看似午後不倫幽會的中年男女對話也好刺激……

眼前的電腦螢幕，那個打開的Word檔案，也就維持原有的空白，游標閃啊閃的，傳說中的文思泉湧完全沒有像乩童起乩那樣，順利附身。我聽著兩旁各兩組客人的對話，默默地，又連結wifi，並且打開twitter實況轉播。

眞要命啊，我變成一隻在咖啡館臥底的狗仔。

透過twitter集結而來的ＩＤ，竟然像追日劇進度那種看好戲的心態，不斷催促著咖啡館臥底偷聽的狗仔也就是在下我，提供最新進度，那種集體偷窺的快感，完全欠缺理性的節制啊！

那個下午，打開的Word檔案就一直呈現呆滯的空白，一個字也沒有從溫泉口冒出來。

自從那次離譜的臥底經驗之後，對於所謂的「咖啡館寫稿」模式就徹底斷念了。對我來說，咖啡館不但有太多分心的誘因，隔壁桌還有媲美八點檔本土劇的真實人生腳本，而且，一個下午茶的消費數字，夠我支付半個月的電費了，何況，我早就練好未達攝氏三十四度不開空調的本事，那麼，還是在家寫作就好。既沒有隔壁桌的八卦交談干擾，想喝咖啡就自己煮，想聽音樂就自己拿ＣＤ來播放，但其實我的理想寫作環境是無聲狀態，無聲才有辦法專心，即使遇到鄰居裝潢的電鑽攻擊，只要有藥妝店購買的廉價耳塞就足夠抵抗了，還不必逃到咖啡館去避難，也不必拘泥於咖啡館的座位才有辦法文思泉湧，對我來說，靈感不會藏在咖啡館的桌底下，偷聽陌生人的八卦才是阻礙寫作的最大對手。

但偶有緊急情況，類似交稿日突然停電或網路突然斷訊，只能背著筆電往外衝了。通常這種時候，就找住家附近、步行可抵達的距離，也就是那種生意不太好，但飲料便宜，有免費網路，店內安靜的場所即可。否則大費周章，轉搭公車捷運，抵達傳說中的某某咖啡名店，才發現客滿，或是恰好遇到店內有啥小型聚會，吵鬧不休，就算戴著耳機耳塞，也抵擋不了排山倒海的偷聽八卦誘因，那才眞是毀了。

總之，我不在咖啡館寫稿，不會爲了尋找靈感去咖啡館體驗文思泉湧的寫作氣氛，反倒是穿著舒適，打赤腳，隨時可以起身去陽台澆一下花，拿除塵拖把清理地板掉髮灰塵，隨時可以開冰箱吃點什麼，把自己的腦袋淨空，再把那些淨空之後的想法，透過指尖敲擊鍵盤之後，達成文字輸出，這才是我最擅長最自在的寫作模式。

所以，那些對咖啡館寫作抱持著美好幻想的人，最好仔細盤算一下，除非你有一字十元的寫作行情，每個月固定有四到五篇、每篇將近二千字的固定邀稿，否則，還是乖乖在家寫稿。畢竟，一字十元的行情，全台灣只有一本週刊專欄付得起這個價碼，而且不到四個黃金席次，不是人人都搶得到的啊！

在我的失業工作手冊中，沒有非得在咖啡館才有辦法寫稿這種事情，眞該好好感謝自己在咖啡館無法專心寫稿的八卦偷聽體質，十三年累積下來，應該也省下不少錢喔！

屢遭拒絕到爭相邀請
熱情、投入、目標明確是關鍵

資淺不上班族專訪：
美術設計許晉維

許晉維小檔案：

即使不是設計科班出身，憑著自學及作品累積，跨進設計圈。在職場累積5年經驗後，離職自立門戶，成為自由工作者，目前已邁入接案人生第二年，接案量穩定成長中，並朝著頂尖平面設計師目標邁進。

準備好的人　機會來了才能牢牢抓穩

雖然畢業於應用中文系，但從小對美術充滿興趣，看到讓眼睛為之一亮的書封或歌曲專輯封面，也會毫不猶豫買回家〈即使之後從來沒有翻開來讀過或聽過〉，總希望自己也能設計出如此漂亮的封面。因此，畢業後還是毅然決然踏上平面設計之路。

成為「不上班族」之前，前後在不同設計公司累積五年的資歷。當初能應徵進設計公司其實也相當不簡單。因為我非本科系畢業，作品集來自於我受朋友之託製作的作品，自然不像設計系出身的如此豐富與專業，所以在面試時屢遭拒絕，甚至，還有面試官告訴我：「你列印出來的這些東西，根本是一堆廢紙。」幸虧，有一家小型設計公司極度缺人，讓我順利應徵上設計助理一職。

為能補足我所缺乏的專業，下班後我會到相關補習班加強、學習，而這份「希望可以更加進步」的心意，也應證了「機會是留給準備好的人」這句話。原先在公司帶領我的設計師有天離職了，但手邊的案子卻還沒結束，我變成了「空降部隊」，接手那位前輩的工作。結案時，我得到公司及客戶的一致肯定，不但成爲正式設計師，薪水也跟著增加了。

不想為接不到案煩惱？請先成為心思細膩的工作狂！

由於希望有更多學習，中間換了幾次工作，但平面設計始終是我的最愛，再加上大學時期的大量閱讀及潛移默化，我很能透過字裡行間的敘述，在腦海裡轉化爲影像，所以爲書設計封面，不算困難的事；而且，對我來說，這些設計比一般商業設計來的更有靈魂。於是，已在業界累積了五年經驗的我，因爲某個出版社合作夥伴的極力「勸說」下，正式踏進「不上班族」的圈子，憑實力及口碑開始接案。

雖然能放下職場的一切，選擇以「自由工作者」的身分走進平面設計的領域，讓我感到興奮，但對於自己實力是否到位深感質疑，如果做得不夠好，等於把自己的品牌給做壞。此外，對未來的收入穩定與否也感到非常不安。這些不安總加起來大於興奮感。最後，我索性這樣push自己：「反正做不來，就回去找工作嘛，又不是世界末日！」

如今，我已在這個領域待了兩年左右的時間，目前不必爲接不到案這件事困擾，也被過去崇拜的前輩認識，這種感覺很難以言喻，覺得很神奇。此外，因為收入逐漸穩定，除了儲蓄之外，也買了績優股，放著配息配利。問我這過程到底做了哪些努力，大概是以下幾個方向：

一、大量觀察國內外設計作品，並加以分析其優劣；

二、要有堅強的自制力，不因個人因素而干擾到原本設定的工作進度，如前一天晚上與朋友玩太晚，隔天太累，或是今天是假日讓自己無心工作；

三、必須要是一個「隨時都能為工作待命」的工作狂。如果出版社編輯突然撥電話給自己，有個急件要趕，就必須以最快速度回到電腦前，並抱持與編輯同仁們一起奮鬥的決心；

四、擁有一顆感性、敏感的心，並將設計帶入生活。即使只是在騎機車在路上，還是看電影、逛書店或唱片行，都能找到激發靈感的亮點，這之中也發現，「設計」其實無所不在。在設計《彷彿若有光》這本書時，靈感即來自工作桌旁的一扇窗。當時看見陽光從窗戶灑進，那景象深深吸引了我。

目標明確是夢想的推手

直到現在，我還是很慶幸當初做的決定，雖然時常擔心追不上前輩，或是憂慮可能會被其他人迎頭趕上而備感壓力，但能夠選擇自己喜歡的事，且慢慢翻越一個又一個創作上的障礙，深深覺得很有成就感，也覺得自己是很幸福的人。不過，爲了讓自己的靈感、正面能量可以源源不絕，還是會給自己放空的時候，如運動時，或是一年兩到三次的旅行，都能讓我放下一切，重新整理。

未來，我仍會朝著「頂尖平面設計師」的方向前進，並希望能設計出所謂的「代表作」，意即當別人問起我哪件作品是我最得意的，能夠立刻反射性回答的那種作品。會有這麼強的企圖心，多虧當初不看好我的雇主與同學，我想向他們證明，其實，我也可以做得到。

作息規劃：許晉維的 24 小時

AM 8：00

AM 10：00 — 10：00~11：00 起床、看新聞、喝咖啡、想這一天有哪些事要處理

AM 11：00 — 11：00~19：00 將自己設定為工作模式，鎖定在電腦桌前，哪裡也不去

PM 7：00 — 19：00~20：00 吃晚餐

PM 8：00 — 20：00~22：00 運動、放空、洗澡

PM 10：00 — 22：00~01：00 閱讀書稿、修改今天早上的設計（夜晚靜下心來，能更看清楚盲點）

AM 1：00 — 01:00~10:00 睡眠時間

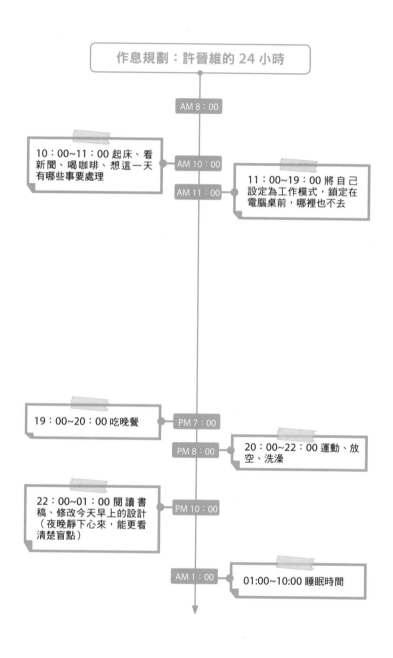

給想成為設計類自由工作者的建議

1

對工作充滿熱情，才能擁有一顆夠強的心臟，不因過程中的挫折而退縮。

2

如果委託人意見與自己相左，不要硬碰硬，試著以專業的觀點及態度與對方溝通、協調，不僅能更清楚對方的想法，或許也能知道自己的設計盲點。若對方執意要怎麼做，還是會盡量配合，畢竟委託人有對此商品的考量及預算，而且，那並不是我們個人的作品集。

3

謙卑的態度，是不斷學習、進步的動力。曾有個平面設計師，認為自己有些資歷，不顧印刷廠師傅給予的建議，執意要以自己想要的方式印刷，結果慘不忍睹。後來，他妥協了，尊重師傅的專業，印出來的成果就是當初他想要的那種效果。

4

對事物充滿好奇心。我時常會與印刷廠師傅互動，所以很常纏著他們問東問西，很希望能從他們身上，問到更多關於印刷的知識與技術。即使是相同的問題，遇到不同師傅，我還是會不斷詢問，因為這樣我才能印證前一個師傅說的到底對不對，也讓設計有了更多可能性。

5

明確的目標及對自己的期盼，將是支持自己走下去的動力。

6

因為自由工作者的收入不固定，一定要存錢。我有兩個帳戶，每個月會從客戶匯入設計費的帳戶，轉固定的費用到生活費的帳戶中，就可以避免賺多花多，讓自己可以穩定儲蓄。

不上班之職業道德

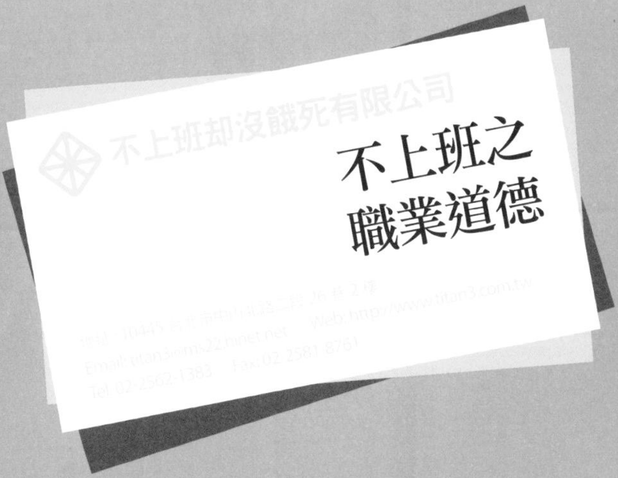

不上班却沒餓死有限公司
Web:http://www.titan3.com.tw
Email:titan3@ms22.hinet.net
Fax:02-2581-8761
Tel:02-2562-1383

克服收假恐懼的逆時針運轉

絕對不會讓收假的悲傷無力感，再次發動攻擊，一定要想辦法殲滅那種週日傍晚就從腳底慢慢爬上來的憂鬱……

失業之後，隨即有了失業者的自覺，太過奢侈昂貴的娛樂，總是要考慮再三。譬如那些昂貴的演唱會與舞台劇，都離我越來越遙遠了，因此台北小巨蛋沒去過，動輒上千的門票也消費不起。

還好，可以取悅自己、讓自己感到滿足的幸福都很微小，只要在住家附近散步，逛逛傳統市場，買到新鮮的魚，找到無農藥蔬菜，或是自己下廚張羅三餐，閱讀一本有趣的小說，就覺得人生很美好。人生並不會因爲欠缺高額消費能力，而覺得自己很可憐，反而慢慢在日常生活之中，磨出那種自己才知道的快樂，好像擁有某種特殊技能一樣，反倒有點得意。

以前那段在職場搏命的日子，可能是爲了排遣或平衡上班的苦悶吧，下班之後，總要去逛街，買點東西，豪邁刷卡，花些錢，或是跟朋友去吃大餐，藉由消費購物與享用美食，來激發體內分泌類似幸福感的酵素。尤其是百貨公司週年慶，非得衝刺到滿額禮，換一些鍋子或微波餐具，或是涼被浴巾之類的贈品才會心甘情願收手。

於是，「平日工作，假日娛樂」，成爲那幾年的固定生理時鐘。假日的電影票很難買；KTV不但沒有優惠還很難排到房間；各風景區人山人海，上個廁所都很困難；高鐵台鐵國光號或是什麼總統座椅的客運，遇到假日也非要搶票不可。

因爲假日過於擁擠的關係，索性也不出門了，宅在家裡，什麼都不做。但是電視節目很難看，DVD頂多一天看兩片，其他時間就癱在沙發睡到天荒地老。一到週日傍晚，隔天必須上班的憂鬱就濃得像那種太白粉勾芡過量的羹湯一樣，倘若遇到更長連假的情況則更嚴重，只要避免不了還是必須回去上班的事實，越接近收假，就越覺得哀怨。

即使離開職場那麼多年了，對於週日傍晚開始襲上身的那種收假憂傷，還是記憶深刻，也許對我來說，那就是一種陰影吧！還沒有考慮到什麼「有工作就很幸福」的感恩層面，純粹就是小職工的哀怨情緒而已。

因此，離開職場，正式成爲失業人口，失去了職業，失去了支付固定薪資的雇主之後，我就已經決定了，絕對不要讓那種收假的悲傷無力感，再次發動攻擊，一定要想辦法殲滅那種週日傍晚就從腳底慢慢爬上來的憂鬱。

既然這麼決定，那就來個生理時鐘與工作排程的大逆轉吧！

訣竅就是，盡量把工作排在假日，舉凡週六與週日或國定假日、彈性放假，都盡可能在家專心工作，把那些大賣場、百貨公司、電影院、風景區、菜市場、超級市場、書店、餐廳、高鐵台鐵車廂或國光號與捷運客運座位，都留給平日辛苦的上班族享用。畢竟到了假日，這些地方需要空間來容納出外散心與返鄉的人潮，而像我這種失業人口必須具備的美德之一，就是不要去人擠人。

幾年實驗下來，效果還不錯，盡可能把各合作單位的交稿期限排在週三到週日，這樣一來，週日晚上就特別雀躍，因爲週一到了，就可以出門購物、看電影、逛書店，甚至，旅遊或返鄉的移動計畫也盡量排在平日，只要避開尖峰時段，就有辦法得到一些早鳥或冷門時段的優惠。

也不只是假日與平日的工作娛樂節奏調整，就算是單純一日的出門計畫，也要避開上下班尖峰時段，也因此常常一個人霸佔一輛公車，一張票包下一整個電影院放映廳，或是捷運車廂只有一人，看牙醫和中醫很好預約，燙頭髮有一個設計師外加兩個助手來分工，聯繫網路工程師或是電器維修送貨都因爲平日白天在家的緣故也就特別快速，總之，類似這種霸王級的享受，只有在平日白天才辦得到。

所以，平日的淡水好美，非假日的誠品好悠閒，沒有人潮的迪化街逛起來特別舒服，冷門時段的高鐵車廂就算在走道打滾好像也沒人發現，而一個人包場的電影院，就算手機不設定成靜音震動也沒關係。

不過，也不盡然都是好處，因爲太習慣平日娛樂的模式了，也就欠缺等待的耐心，或是沒辦法忍受看電影的時候，前後左右各兩個座位有其他觀眾。而過於擁擠的捷運車廂，超市結帳要排隊，餐廳用餐要預約，都會讓自己適應不良，甚至有點焦躁。

跟朋友相約在假日碰面也會有點小阻礙，畢竟，已經習慣把工作排在假日了，一旦碰到非得假日出席不可的聚會，當週的工作流程就完全打亂，也因此到了週日晚上，過去在職場時期非常恐懼的收假憂傷，就會再次襲來，那是最痛苦的事情。

當然，最大的障礙就是很難再回去職場工作了，畢竟，「假日工作，平日娛樂」已經成爲生理時鐘的定律，少數幾次調整還在可以容忍的範圍內，整個翻盤應該是大挑戰。何況，早場電影票比較便宜，平日高鐵有早鳥折扣，出國旅遊的離峰機位選擇性較多，商務旅館也有優惠，除了省錢之外，跟人潮錯開的悠閒，才是我一直貪戀這種失業生活的甜頭吧！

某些時候，也只是討業主開心而已

一直修改，一直修改，不斷揣摩業主的感覺，那種把自己徹底否決、反覆將自己打趴的過程，就變成痛苦的修行……

開始「一個人工作」模式的時候，曾經天眞地以爲，只要一個人，就可以搞定所有事情，現在回想起來，那種想法實在很天眞，甚至，過於浪漫，不切實際，笨。

當時，我的工作區塊，大抵可以分成商業案子與書寫創作，商業案子是謀求基本溫飽的收入，書寫創作則是滋補心靈的藥方，兩邊的書寫態度當然不同，從文字獲得的回饋與樂趣不同，受到的對待也不同，這也是經歷許多年的折磨才得到的結論，不是一開始就能釋懷的。

所謂商業案子，包括廣告文案、雜誌或報紙的廣編稿與採訪稿，真正下筆之前，都需要跟業主詳談，清楚他們的產品細節，廣告訴求，確定對方可以接受的文字風格或廣編稿呈現的模式……光是這些瑣碎的細節，就要花許多時間溝通，不斷往返開會，甚至有些會議淪爲抬槓，沒有具體結論，變成老闆吹噓個人成就或創業辛酸的發表會而已。

業主要求的，也不是什麼文學素養，或是能寫出多麼華麗的辭藻，而是作品呈現出來的模樣是不是符合他們的期待。簡單說，就是要讓出錢的業主開心，然後類似我們這種販售文字的人，美其名爲「寫手」，就要想辦法把自己的意見或自尊，壓到最接近地面的程度，大概等於臉孔貼在地板，路過螞蟻和蟑螂都可以跟你揮手打招呼的那種卑微地步。

類似這種案子，即使文字是從自己指尖敲擊鍵盤生產出來的，但是，出錢的業主不喜歡，就什麼都不用談了。有些業主一開始會說，他的態度很開放，「什麼樣的風格都可以接受」，如果，聽到這樣的指示就以爲可以放手一搏，那就大錯特錯了。通常會說這種話的業主，往往沒辦法明確表達他要求的調性與風格，每看到一次成品，就會說：「我覺得還可以更好，但是我說不出那是什麼感覺，妳瞭解吧……反正，妳再做另一種風格讓我看看……」

於是，反覆折磨的鬼打牆就此展開，不斷修改，不斷得到的指示都是，「可以再更好一點，但是我說不出那種感覺……」

「什麼樣的風格都可以接受」，其實就是，「什麼樣的風格都不能接受」，切記！

一直修改，一直修改，不斷揣摩業主的感覺，那種把自己徹底否決、反覆將自己打趴的過程，到頭來，就變成痛苦的修行。直到你對該項產品毫無感覺，文字失去靈魂，整個人趴在滾燙的柏油路面掙扎時，那位一開始表明「態度很開放」的業主也就挑了最初交給他的版本，雲淡風輕說：「沒錯，這就是我要的。」

這是「接案人生」最辛苦的部分，可是做類似這樣的廣告文案，卻是單價報酬最高的差事，爲了溫飽，也就暫時捨棄自己對文字的執著，盡量讓業主開心，讓他們爽快掏出酬勞，而不是一直與業主爭辯，畢竟，呈現出來的文案或是廣編稿，根本不會掛名，誰知道背後的刀光劍影，更何況是字字血淚啊！

不過，商業案子做久了，竟也培養出默契，漸漸地，會有喜歡自己文字風格才會提出邀約的業主來叩門，有一陣子，幾乎是一次提案就通過，一字不改的感覺眞的比拿到什麼文學獎或是中統一發票特獎還要爽快呢！

畢竟也是經驗的累積，久而久之，藉由第一次碰面約談，大概就能確定彼此是不是能夠繼續合作，不要問我如何判別，那是熬過各種酷刑折磨才歷練出來的能力，畢竟，過去慘痛的經驗已經開花結果，如果不能從痛苦的汁液裡面，嚐到一點苦澀的回甘，那麼，以前被業主折磨的種種，就失去意義了啊！

後來我也敢於拒絕業主，譬如，業主三番兩次要求重做，基本上，對於這種案子，就大膽採取斷尾求生的方式，「就到此為止吧！」「已經進行的部分，也不收費了」「是我自己能力不足，麻煩找別的寫手繼續完成」「這次就當作交朋友」……但內心盤算的，則是我們往後不要再碰面了吧！

與其跟一個看不到盡頭的案子繼續糾纏，失去自己對文字的耐性與熱情，還不如就此認賠殺出，否則一直處在互相怨恨的狀態之下合作，就算熬到結案，也要花好幾倍的時間才能恢復元氣，不如早點分手，海闊天空，還來得爽快。

大概在失業之後的前五年，都過著類似那種討業主開心的「接案人生」。但也不全然都是痛苦的經驗，有些合作過的業主變成好朋友，甚至超越商業合作關係之外，可以靠義氣幫他們處理急迫的案子，酬勞也變成超越行情的默契。不過，這樣的接案生活雖然在收入方面還算不錯，但是內心老是覺得空虛，那空虛感逐漸膨脹之後，自己也才認眞思考，要不要繼續靠這樣的謀生方式，過著討業主開心的生活呢？

也沒有猶豫太久，就決定進行工作方向調整，逐步減少商業文案與廣編採訪的分量，進而加重自我書寫的比重，不管是散文、評論、小說，都要試一試。雖然，報紙副刊與雜誌編輯成爲另一種必須討好的業主，以字計量的稿費跟商業案子的酬勞不能相提並論，既然決定不走回頭路，無論如何，自己都要想辦法讓兩邊的收入總量不至於差距太大，雖然，一開始，眞的非常困難。

即使辛苦，但確實辦到了。直到現在，偶爾還是會被問到，要不要接個廣告文案？要不要寫一篇廣編稿？關於優酪乳、手機、數位相機、印表機，還是某某航空公司、某某度假飯店……

「以前合作過的廠商指定要妳寫喔！」「這個主題也只有妳寫得出來！」「兩天之內交八千字，以前妳都不會拒絕的啊！」

類似這樣的邀約，有讚賞的美意，好像遠方響起的歡樂頌……

但我不會再回頭了，更不會忘記空虛挫敗在體內膨脹的感覺，我要超越那種討業主開心的生活，因爲，我已經有能力讓自己開心，寫自己想要書寫的東西，就不會再回頭了。

無論如何，還是要感謝那些年，讓我痛苦萬分的業主們，希望現在的你們，還是一樣開心啊！

文字工作者才沒有銀貨兩訖這回事

三個月拿到錢，算常態，六個月也還不過分，拿到現金就是有情有義，拿到半年後才能兌現的支票，就只能祈禱業主不要跳票或突然結束營業了……

靠文字過活的人，不管是專欄寫作、報紙副刊投稿、書籍出版、特約採訪稿、雜誌廣編稿，或是廣告文案書寫，聽清楚囉，在這個江湖闖蕩，從來沒有「一手交錢、一手交貨」這回事。

如果是報紙副刊投稿，有可能經過一個月或更久的等待，才見報刊出，但是距離稿費入袋，又要經過一個月或兩個月的等待。當然，沒有被副刊編輯採用的話，就算等到天荒地老，最後也只有「石沉大海」四個字，當作紀念品。文章不被青睞已經很沮喪了，文字無法產生實體經濟收益，又是另一種打擊，至於，那篇寫好的文章，畢竟是自己反覆斟酌字句、來回潤飾的心血，也只能默默塞回電腦硬碟，或乾脆貼到網路，直接跟讀者眼球對決吧！反正也沒有稿費了，那就開心點，讓大家免費閱讀。

退稿有兩種表現形式，一種是編輯直接傳來四個字外加兩個標點符號：「退稿，謝謝！」另一種形式則是起碼五百字起跳、起承轉合都很謹慎的長信，開頭是感謝與讚美，接下來則有點惋惜，大意是說，文章雖然很好，但是「不符本版調性」，最後則是以鼓勵的口氣收尾，類似「請持續創作」這樣的說法。

第二種形式看起來好像比較溫和有禮，但實際產生的攻擊力，仍然跟第一種形式不相上下，總之就是，「退稿，謝謝！」

不過，以文字換算成經濟收益來說，報紙副刊或文學雜誌的稿費仍然是最低的，但是被肯定的成就感卻是最高的。對於書寫創作的人來說，誰不想被副刊與文學雜誌肯定啊，就算稿費低廉，也甘之如飴，因爲這世間總有一些價值，是超越金錢算計的。不過可以多點犒賞，當然更好，尤其在水電瓦斯ＡＤＳＬ帳單來的時候，這種渴望就特別強烈，畢竟，被副刊與文學雜誌肯定的價值，一時之間，也沒辦法拿來繳帳單啊！

但是，副刊與文學雜誌也是最不會賴帳的，不必事先簽什麼請款收據，也不必列印身分證影本或存摺影本，老派副刊寄來郵局支票，甚至不扣手續費，新派副刊與雜誌雖然可以匯款，但是要扣手續費，雖然手續費只有十五塊錢，但是對於一字一至一點五元計價的稿費來說，十五塊錢看起來也好巨大。

如果是出版書籍，那麼，靠文字回收的版稅等待期，又更長了。通常八萬字左右的內容，從發想到書寫到修改潤飾，想要在半年之內完成，如果不是快手，就需要神蹟，通常沒有花個兩年到三年的折磨，恐怕也寫不出什麼格局。

將書稿交給出版社，總要經歷編輯、排版、校對、印刷、裝訂，等到作品實際出現在書店通路販售，最快也要兩個月，至於首刷版稅，又要再等一個月以上。許多出版品在首刷之後就沒有下文了，作者也就領那個絕無僅有的一次版稅，往後還有可能收到出版社結束營業或是無力再負擔存書倉儲費用，打算焚燒處理掉，那種時候，眞是哀愁到一種兩腿無力的地步呢！

要是出版銷售的成績不錯，可以一路刷下去，通常也是半年才結算一次稿費，所以，要不斷出書才會不斷有版稅來支撐日常支出，但出版市況太差了，當眞要靠出書爲生，或許去便利店打工還比較實在。

接下來，最刺激，也是難度最高的，就是雜誌採訪稿、廣編稿與商業文案了。通常這種案子，口頭談好條件就會開始執行，如果是單篇的案子，也不會特意簽約，既然沒有書面合約，也就不會約定付款條件。不過，最常發生的不對等狀態就是，催稿都十萬火急，但酬勞都拖到天荒地老，三個月拿到錢，算常態，六個月也還不過分，拿到現金就是有情有義，拿到半年後才能兌現的支票，就只能祈禱業主不要跳票或突然結束營業了。

偏偏靠文字或靠設計爲生的人，臉皮都很薄，覺得催帳是很丟臉的事情，總是「忍無可忍」才不得不處理，即使是發一封電子郵件向對方探詢，都要來回斟酌字句，生怕惹到對方，就算當面不被指責，要是輾轉聽到……「這傢伙也未免太愛錢了吧」……類似這種評論，應該會難過得要死！

在這個靠文字過活的江湖裡面，沒有銀貨兩訖這種規則，不像你去超商買御飯糰或關東煮，一手交錢才能一手交貨。而且物價一天一天漲，稿費卻一直一直跌，每個業主都在你面前哭窮，說他們快要撐不下去了；說他們沒有拿到發包單位的帳款之前，也沒辦法付錢給你；或說，不好意思，應該給你的錢，不小心轉到別人的帳戶了，麻煩你自己去要回來；甚至當初催稿催到日夜狂call的窗口負責人，不知道什麼時候離職了，不但沒有交接，也沒有幫你請款，接手的人雙手一攤說他什麼都不知道……聽起來很荒唐，但這些荒唐事，都是這十三年以來，親身經歷過的啊，可不是什麼道聽塗說的謠言喔！

總之，靠文字營生這件事情，千萬不要有過多的浪漫與幻想，不要以爲靠這行吃飯的人，都像日本漫畫描述的那種知名作家可以在五星級飯店寫稿，拿到稿費之後去銀座逛街喝下午茶那麼愜意。一旦決定投入這行，起碼要備妥三個月可以養活自己的基本存款，因爲，每件靠文字計價的酬勞，平均在三個月之後才能入帳，這三個月之間，倘若沒有存款支撐，就等著餓死吧！

一起餓死吧！經紀人

倘若因為什麼虛榮或衝動的理由找了經紀人，約莫也是每個月互相哭訴，「唉，只有這一點點錢，怎麼分？」

常常有人問我，有沒有考慮找個經紀人？

一旦被問到這個問題，也只能表面微笑，禮貌回應，「現在還不需要。」但內心其實會「嘖」幾聲，很想用食指推一下問話者的額頭，「你在開玩笑吧？」

台灣出版市場年年蕭條，靠文字爲生的人都苦哈哈了，要如何養經紀人？或者換一種角度來說明，一字一塊錢的稿酬都快要逼死人了，倘若還被經紀人抽成，那還活得下去嗎？

但是經紀人也很無辜啊，遇到像我這種對一些「毫不起眼的小事」總是莫名認眞、對一些「大家都熱中的事情」反倒興趣缺缺的B型人，應該也不樂於合作吧！

確實，日本的大牌作家，幾乎都有經紀人負責張羅事情，甚至作家也有能力成立事務所，且事務所的規模都不小。譬如大澤在昌、京極夏彥和宮部美幸，就隸屬「大澤事務所」，三人聯手成立官方網站，簡稱「大極宮」，氣勢多麼驚人啊！

在宮部美幸的《平成徒步日記》第六回，提到她與編輯、攝影師，爲了某個雜誌書寫企劃而組成徒步小組，前去探索「本所七不思議」傳說所在地。當他們發現隅田川旁邊的水泥堤岸下方有一處綠地，長滿繁茂的樹木，林蔭深處出現一座稻荷神社，神社旁邊有一棟「大正浪漫」風味的建築，建築內的裝潢幾乎可以直接當作NHK晨間連續劇的布景，「這公司看起來既有深度又充滿古意，說不定就是他們在看管那座稻荷神社……」

因此，宮部美幸也就兀自做起美夢：「大澤事務所也需要這樣的大樓，不知道他們肯不肯買一棟……」「大澤事務所現在擁有兩位鼎鼎大名的作家，大澤在昌先生和京極夏彥先生，如果他們想在兩國橋東邊買一棟或兩棟大樓，根本就是小事一樁」……

看到沒有，「想在兩國橋東邊買一棟或兩棟大樓，根本是『小事一樁』」……

讀到這段話，簡直讓我這個文字小奴工，羨慕到癱軟啊！

演藝圈需要經紀公司幫忙安排工作、談價錢、搞宣傳，必要的時候也要危機處理。小牌藝人需要經紀公司幫忙打名氣，大牌藝人需要經紀公司幫忙處理大小雜事，如果市場夠大夠賺錢，透過分工與抽成，起碼是可行的制度。

但是台灣出版市場究竟有幾個作家養得起經紀人呢？又有幾個經紀人靠作家收入就有辦法過活呢？大概十根手指頭就可以數完了吧！

需要經紀人的作家，不僅銷路夠好，本身也要有朝著多方面發展的意願，除了出版，可能還有廣告、代言、演講、主持廣播節目、電視通告等等額外的工作，如果只是單純的書寫，只需要在新書上架期，跑幾個廣播與報紙副刊受訪通告，其實只要倚賴出版社編輯與行銷代爲聯繫，應該還不成問題。

像我這樣，除了書寫之外，對於演講、授課、代言、電視通告等等書寫之外的事情，完全不在行，根本沒有足以討好大眾的才華與膽識，更不屬於俊男美女之流，走在路上怕被打招呼，去泡溫泉大眾池怕被認出來，對於大家都遵守的成名規則又適應不良，那還是躲在文字後面與大家培養感情就好，如果要拋頭露面，豈不是要命。

在我看來，如果每年沒有出版四、五本書的實力，每本書沒有數萬本的銷售量，加上出書之外的演講、專欄寫作、代言收入的話，應該也養不起經紀人。而所謂的作家經紀人，手上起碼要有年銷售上百萬的明星級作家，否則也是經紀人抱著作家一起等死的下場。

曾經有幾次與專門處理日本翻譯小說的編輯聊起，日本許多暢銷推理小說作家，從版權簽約開始，一直到中文譯本上架，都必須透過經紀人聯繫，根本不可能跟作家本人直接接觸。也有聽說日本小說作家，從故事發想、資料蒐集，都有專門團隊在支援，也就是說，經紀公司和出版社編輯都一起參與一本暢銷書的養成，甚至包括小說出版之後，與戲劇電影的合作，都在經紀事務的範圍內。每次觀看日本小說改編成電影，光是電影開場和結束之後，字幕出現「××製作委員會」，就深刻覺得書寫結合戲劇，眞是一門好生意啊，有那樣的本事，才需要經紀人吧！

相較之下，台灣作者大概都屬於一人作業的模式，安靜的書寫，忐忑交付稿件，四處詢問出版的可能，再堅強接受退稿的痛擊，或即使出版了，也要默默吞下一刷賣二十年也賣不完的殘酷事實，那麼，還需要經紀人嗎？

我自己不需要經紀人，更不可能當作家的經紀人。雖然，幫自己談價錢很害羞，幫別人談稿費倒是犀利強悍；催自己的稿費好像是什麼羞恥的事情，幫別人討稿費卻像古惑仔一樣，其實這種體質，應該有成爲作家經紀的基因才對。但我深知台灣出版市場的微薄收入對寫作的人來說，一分一毫都是救命錢，一篇副刊文章一千塊錢，一篇雜誌專欄也很少超過兩千，那樣錙銖計較的

旅》 圖文@高木直子 翻譯@洪俞君

2014.1
隆重登場

順利，每一次依身體狀況不同而有不一樣的

奧川健康馬拉松（福島／6月開跑）

蓊鬱的田園小路、民眾的加油聲、熱情讀者的導遊、澎派的溫泉大餐，充滿人情味與美味回憶的感覺，真好~~~

拉松

到冰
獲甘
有西
盡情

館山若潮馬拉松（千葉／1月開跑）

藍藍大海相伴的馬拉松，更是一場與強勁海風的搏鬥！館山當地的美味海鮮，也是教人難忘啊……

TITAN

大田出版 Vol.04 Free Paper

編輯企劃｜蔡鳳儀／張家綺
美術設計｜王志峯／尤淑瑜
台北市中山區10445中山北路二段26巷2號2樓
電話｜02-2562-1383

0元

誰和高木直子邊跑邊吃

高木直子

馬拉松跑齡邁入第4年。到各地享受美食小酌幾杯是一大樂趣。

紀子

勤奮地持續練習，並加入了越野路跑社團。裁縫手藝也越來越高超。

加藤

超喜歡咖哩，是本書的責任編輯。容易入睡且早起。早上那頭自然捲的頭髮，經常會變成爆炸頭。

松田

精明能幹的總編輯，是我第一本書的責任編輯，也是加藤的上司。著迷幕府末期的種種。

金箱先生

加藤經常去的義大利餐廳的主廚。是我們重要的貴人。

箕輪先生

旅行社業務人員，每次都幫我們許多忙。這次我們又給他出了難題……。

下井小姐

我們的宿敵FRaU隊成員之一。行事幹練，是一位頗具魅力的時尚女性。

金教練

是電視、雜誌上的常客，各方競邀的超級馬拉松教練。最近經常沒戴眼鏡。

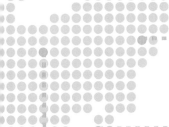

2014年
我們的圖文書
學習行事曆

我想要健康，身材苗條，減重成功，
健健康康迎接新的一年；

我想要旅行，去看看世界，交新朋友，
說外國話，像澎湃野吉一樣，
到沖繩挑戰過去沒有做過的事~~

我想要省錢，擬定存錢計畫，
知道禮金要包多少才不會丟臉，
知道保險投資的風險，
原來把數字生活化，
省錢就是這麼簡單。

我想要成長，
學學高木直子鬧不下來，搞東搞西，
看看森下惠美子就算單身也不心慌，
還有還有，要做個成熟有趣的大人！

2014年，學習行事曆就是——

1 要健康　2 要旅行

3 要省錢　4 要成長

4月

《就這樣變成30歲，好嗎？》

鳥居志帆◎圖文

明明已經是大人了，做的事卻和過去沒有不同，難道你真想這樣變成30歲嗎？快要30歲了，卻一點常識都沒有……

要成為出色的成熟大人就必須要了解金錢！！穿著打扮要適合自己！！一直保持美麗！！（皮膚、頭髮、維持身材）保持身體健康！！（骨盆、婦女病、中藥、牙齒）。本書針對以上4個項目訪問專家徹底問出「有用的資訊」和「實踐方法」！

今天！絕對是你今後人生中最年輕的一天。所以……從現在開始，就對了！

8月

要旅行

澎湃野吉旅行趣004

《沖繩我沖過來了！》

澎湃野吉◎圖文

人氣小澎這次來到新舞台~~沖繩！！！波照間島、與那國島、石垣島、西表島……這場跳島之旅，小澎一定又是不按牌理出牌，但編輯這回究竟要讓小澎挑戰什麼呢？難道是要成為日本插畫界去過最多島的插畫家第一名嗎？

《貪心有理的個人旅行！旅行前的準備手冊》

森井由佳◎文字　森井久壽生◎插圖

走訪30多國的雜貨收藏家森井由佳強調自己「絕對是旅行前作好準備派」！

用圖文搭配文字介紹她的個人旅行密技，如何決定地點、如何取得廉價機票、如何找到符合個人需求的飯店、實地造訪前的資料蒐集方法和打包技巧等讓旅行變得更加有趣的絕招。

3月

《結婚一年級生》

入江久繪◎圖文

如何與公公、婆婆和平共處？探病的時候，該注意什麼禮節？能夠負擔得起的自用住宅大概是多少錢？

這東西可以冷凍嗎？受傷或生病時該如何做緊急處理？該如何挑選合適的保險？

學語言要參考書，結婚生活當然也要參考書，第一本好讀易懂的結婚生活教科書！

理財、健康、禮儀、家事……採訪各個領域的專家來替你解答！

5月

要省錢

《沒人這樣教過我理財》

生活實用書籍第一名．長銷突破20萬本

泉正人◎監修　宇田裕惠◎插圖

錢為什麼老是存不下來？

夫妻年賺100萬仍擔心錢不夠用！

徹底消除大眾的不安！解析金錢的真面目。

老年生活怎麼辦？投保是明智之舉嗎？

購買房子比租房子划算？

了解與生活息息相關的金錢知識。

這是學校沒有教的金錢智慧，

一開頭就「恍然大悟」！

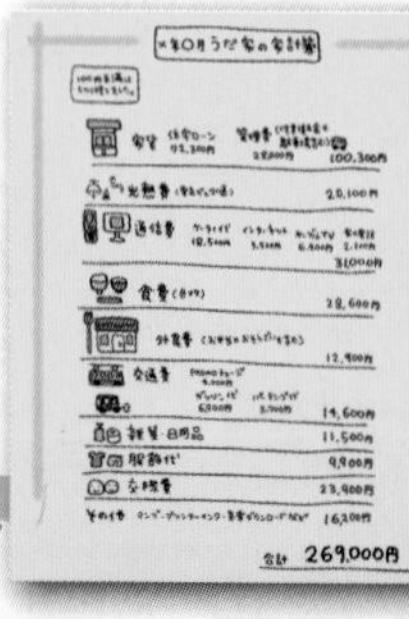

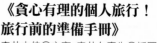

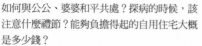

要成長

7月

《一個人搞東搞西：高木直子閒不下來手作書》
高木直子◎圖文

高木直子說：「沒有一番巧手也沒關係，手作真是又開心又有趣~~」
超人氣的高木直子，這次輕鬆挑戰14項手作物，介紹各種獨創手作作品！
清涼爽口的「哈密瓜冰淇林蘇打」，送給爸爸的生日禮物「回憶相簿」，料超多的「巨無霸飯糰」等等，想動手做個甚麼東西！！就來做個世界上獨一無二的作品吧！！

《阿嬤才是生活智慧王》
時代不斷進步，雖然我們生活的事物越來越方便，但代代相傳的老阿嬤生活智慧，讓我們不用花一毛錢，就可以立刻派上用場，甚至讓我們生活充滿溫暖和無比幸福。來吧，跟著老阿嬤學，一生受用！

12月

《單身不再心慌慌》
森下惠美子◎圖文

雖然實際上我還是不斷在慌張與不慌張的情緒中反覆，還沒有真正進入書名的這個境界，但我每天還是很愉快地繼續精進自己，深信隨著年紀的增長，自然而然能夠進入這個境界，過著安穩的生活。
惠美子35歲，依然沒有放棄！！！

6月

《一年瘦30公斤的減肥術》
渡邊朋◎圖文

減重的最後武器就是「假想美女生活」！比方說，用餐時拿起酒杯就得放下筷子。想小酌的日子搭配一盤微醺美人拼盤，享用恰到好處的份量；改以美容用品來犒賞自己減重的成績，而非吃到飽；要在不覺得勉強的時段嘗試運動……
一回神，已經輕輕鬆鬆從95kg減到65kg啦！！！

11月

要健康

《失調女子的30天完全生薑力》
石原結實◎指導者・著作
HATOKO◎實驗者・插圖

從高中開始就是個極度受「畏寒」與「便秘」所苦的失調女子HATOKO，在30天內每日身體力行石原老師的「生薑健康法」！
透過各種方式飲用生薑，每天的飲食都與生薑脫不了關係。這樣做體質究竟會出現什麼樣的改變？

9月

《幫助老公減肥》
入江久繪◎圖文

一開始大家都為那是「幸福肥」沾沾自喜，但結婚五年，老公竟然從5公斤，7公斤，一路飆升胖了18公斤！！！！
這…這已經不再是幸福肥了吧。究竟入江家的這兩人可以甩肉成功嗎？

10月

《腸美人》
指導者◎小林弘幸　實驗者◎宇田広江

拉不出，這件事，本身就很痛苦啊！因為便祕腹部不斷突出，難道要一輩子掩飾這個事實活下去嗎？就算是被誤認為孕婦也在所不惜嗎？日本首位開設便秘門診的順天堂大學醫學系教授小林弘幸醫師，要來幫妳解決這個問題！
美麗循環的習慣，養成乾淨漂亮8步驟！今年決定來做一個腸美人吧！

詳細出版日期、最終確定書名，
敬請鎖定大田出版FB粉絲頁!!

《一個人邊跑邊吃：高木直子呷飽飽馬拉松之

咖哩飯馬拉松、摸黑馬拉松、蔬菜水果超級澎湃之馬拉松、涉水馬拉松、月光馬拉松、大阪馬拉松……

高木直子，跑步生涯堂堂邁入第4年，跑步路線越來越多樣，跑步的招數也層出不窮。

當初只是因為一個「也來跑跑看」的隨意心態，沒想到天生體質竟然非常適合長跑，於是認真開始一個人跑，大家一起跑。

因為跑，而旅行；因為跑，而吃了好多各地的美食；因為跑，認識了多樣的馬拉松比賽；有時候跑得很辛苦，有時候跑得很

跑步感受，每一次開始跑都想自已為什麼要跑？但每一次跑完都好感謝好滿足！這一次高木直子還跑出最佳紀錄喔！！！

大阪馬拉松（大阪/10月開跑）

來到「天下的廚房」大阪，迎接的不僅是黃金黑輪、大阪燒、章魚乾露煮、「天下第一品」拉麵等吃不完的美食，這一次高木直子還創下馬拉松個人最佳紀錄！（高木直子：超愛大阪的啦！）

端野咖哩飯馬拉松（北海道/9月開跑）

提著做咖哩的食材跑步又重又好笑，但為了美味的咖哩飯，說什麼也願意!!

第二度的松島馬拉松（宮城/10月開跑）

雖然沒買到松島馬拉松吉祥物GURIRI的紀念品，但還是見到吉祥物本尊。而且仙台名產牛舌真是太好吃了！

八幡川涉水馬拉松

（廣島/8月開跑）

沒有補給站、一不小心就踩到石頭或踏進深水處，原來1.5公里的涉水馬拉松一點也不簡單……(但廣島真是吃牡蠣的天堂啊！)

伊平屋月光馬拉松（沖繩/10月開跑）

星星為你加油，月亮陪你跑步，還有海蘊料理、墨西哥大餐來相挺，再遠也值得來參加！

小布施魅力馬

（長野/7月開跑）

熱到抱著冰塊跑步，

棒、冰果汁讓人像是

霖的馬拉松，跑完還

瓜、柳橙、李子、蘿

供應，再熱也要跑完！

救命錢，倘若還被我這經紀人抽成，自己不就跟禽獸沒兩樣，太沒良心了。

總之，我這輩子大概就這樣了，還不需要什麼作家經紀人來操心，倘若因爲什麼虛榮或衝動的理由找了經紀人，約莫也是每個月互相哭訴，「唉，只有這一點點錢，怎麼分？」

我一個人勤儉過日就算了，沒必要拖一個人來挨餓，除非哪一天，跟東野圭吾或宮部美幸一樣暢銷，那就再傷腦筋吧！

準時交稿就是我的職業道德

倘若在業界有口碑，說這傢伙交出來的稿子又快又好，因此變成大家樂於合作的對象，都不只是肯定了，那還是一種「商譽」吧……

我討厭拖稿，拖稿對我來說，就是違背職業道德的行爲，會有罪惡感，甚至，渾身不對勁。

「準時交稿」應該是寫作者的天職吧！但是從小到大，看那些漫畫描述的情節，面臨截稿期，作者要不是綁頭巾熬夜，就是在出版社買單的五星級飯店奮鬥書寫，我還沒那麼夯，沒必要熬夜也不用綁頭巾，更沒有出版社願意出錢讓我去五星級飯店開房間寫稿，上述的情況，距離我很遙遠，起碼有好幾萬光年，那麼遠。

既然約定好，就絕不黃牛，盡可能在編輯指定的截稿期之前，把稿子寫好，截稿當天才有餘力跟時間，反覆修改潤飾。倘若是一開始就沒有興趣或沒能力處理的案子，那就提前婉拒，沒必要答應之後，再用拖稿或無法交稿讓對方死心，對我來說，那也違背職業道德，不只狡猾，還很懦弱。

早期曾經為了怕得罪對方，或害怕從此沒有案子往來，就勉強答應，最後鬧得不歡而散，從此戒慎警惕，絕對不會再犯第二次。

倘若在一週之內，有好幾篇稿子要交，而且都是吃力的主題，就提前在行事曆擬好各篇文章的寫作日程，當然要把寫作之外的雜事也考慮進去，譬如，哪一天要出門買菜，哪一天必須去銀行辦事，哪一天要看牙看中醫……最好要弄清楚事情的輕重緩急和花費時間長短，甚至連移動的路線都考慮進去。一旦決定了，就算有什麼突如其來的吃飯玩樂邀約，也盡量婉拒，絕對不會把自己逼向牆角，陷入手忙腳亂的困境。

倘若有出外旅行的計畫，一定要在出發前，寫好足夠的存稿，提前交給編輯。我不想在玩樂的時候，還掛念著稿子沒寫，好比外頭的櫻花盛開，卻被迫留在旅館敲鍵盤，那樣子很掃興，而且文字裡面，會有怨念。

基於大學時期所受的「風險管理」專業訓練，凡是截稿期可能會遇到的不可預期風險都該正視，不管是天然災害，還是人爲疏失，都不能輕忽。

譬如，突然停電、網路斷訊、電腦當機，或是出乎意料的高燒不退、腹瀉不止，甚至隔壁鄰居剛好開始裝潢也就啓動電鑽噪音模式，不只牆壁與樓地板震動，連太陽穴也被鑿出小洞……種種原因，造成無法寫作，無法鍵盤輸入，沒有靈感等等無法掌握的原因，都是促使我提前在截稿期之前就把稿子完成，或起碼是可以交件的那種程度。

也不曉得這年頭大家都把截稿日期當成參考，還是編輯預設作者習慣拖稿，索性把截稿日期往前好幾天，從來都不是期限一到就要開天窗的那種死期，因此對於我這種提前交稿的行爲總是瞠目結舌，彷彿見到這業界少有的怪物。每次跟編輯解釋，基於上述不確定因素，所以提前交稿，反倒是編輯很吃驚，咦，上述那些理由，不都是一般作者作爲延遲交稿的藉口嗎？

我自己當過雜誌編輯，深知截稿期那種水深火熱的緊迫感，對身心狀態都是非常要命的煎熬。往往等一篇遲交的稿子，等到太陽下山，等到說好的凌晨十二點鐘，又等到太陽升起，趴在雜誌社的工作檯，睡去醒來，吃過消夜又拎著早點回到辦公桌，應該出現的稿子還是沒有出現。然後作者說，家裡突然停電、電腦突然當掉、網路突然斷訊沒辦法傳檔案，或說，突然發高燒、渾身無力……那時候，才知道什麼叫做無語問蒼天，什麼叫做「譙到無力」。

因此，自己成爲提供稿件的作者之後，就下定決心，絕對不要讓等待稿子的編輯爲難，不讓他們在公司待命到深夜，不必爲了一篇稿子等到天亮。畢竟，寫作與編輯都一樣，唯有在時間充裕的狀況之下，才有足夠的心思與力氣在文字上面琢磨，在標點之間潤飾，也才能漂亮下標題，寫前言，甚至配上美麗的圖片圖說，也能目光犀利地揪出錯字。一切都在歡樂與平靜的時間節奏之中度過，那不是很棒嗎？

一旦被截稿魔咒纏上，想要有什麼清晰的思緒和敘事的筆鋒，一口氣寫兩千字、三千字，根本不可能。寫出來的文章看得出打鴨子上架的勉強與倉促，就算編輯不挑剔，自己看了都羞愧。

維持交稿的品質與交稿的時效，就好像傳統產業的生產線一樣，何況生產線有許多機械化的SOP可以控管，寫作可不是機械按鈕一開，原料就隨著滾輪，沿著輸送帶一路變成可以上架的商品，寫作這種事情，要是沒有消化潤飾過的文字，讀起來就無味，勉強輸出的文字，也就缺乏嚼勁，欠缺回甘的後座力，讀起來當然不過癮。

追根究柢，倒也不全然是體恤編輯夥伴的心意，絕大部分的原因，還是爲了自己。倉促緊迫，不只會喘不過氣來，就連寫下來的文字，都驚慌失措。

即使小心翼翼，還是會有突發狀況，那就盡量提前讓編輯知道無法交稿的原因。這種事情，稱不上什麼恩情，但多數編輯，都會記得，往後去了不同的媒體，在不同的出版社，還是會感念過去美好的合作經驗。過去曾十萬火急支援過的人，後來都在合作名單裡面留了特別指定席，經由工作奠定的交情，往往在出其不意的時候，變成適時拉你一把的力量。

不過，說眞的，提前交稿，對我來說，也不算什麼偉大的情操，就是提前把牽掛的工作做完之後，可以提前出去玩。尤其天氣好、陽光燦爛的日子，如果可以提前一天、花一半時間、交出兩倍精采的作品，何必一直拖延，拖出自己也忍不住怨嘆的惰性，也拖出對方的怒氣。

靠文字爲生這一行，畢竟也是勞心勞力的工作，跟其他工作比起來，並沒有比較清高浪漫。倘若在業界有口碑，說這傢伙交出來的稿子又快又好，不必催稿，也不必修改，因此變成大家都樂於合作的對象，都不只是肯定了，那還是一種「商譽」吧！雖然這麼說，有點老派。

說穿了，也是自己怕麻煩的個性使然，畢竟找藉口拖稿，也要費心思，倘若眞的寫不出來，就在對方邀稿的時候就直接表明沒辦法，面子不是問題，說謊才要命。我不是什麼企管大師，講不出什麼勸世道理，簡單而言，可以提早做完，何必因爲拖延而讓雙方都不開心呢！

對我來說，準時交稿，已經超越職業道德，變成人生態度了。畢竟，拖稿產生的罪惡感，以及拖延的藉口與謊言，會讓我渾身不對勁，彷彿「神探伽利略」的湯川學老師看到小孩會渾身瘙癢那般，那才叫做痛苦呢！

已經不需要遞名片了

可能是夠老，認識新朋友的機會跟力氣都跟以前不一樣了，好像不必倚賴名片來自我介紹了……

開始成為職場浪人的前幾年，曾經為了準備適當的名片，困惑了好一陣子。畢竟在傳統金融行業闖蕩十幾年，許多觀念，根深柢固，一下子也沒辦法修正。

初次見面，必然要亮出名片，那是禮貌寒暄的儀式，不管那張名片最後是被妥善保存還是被隨手丟棄，總之，沒有名片，就沒有辦法開啓工作上的交往模式，好像忘了穿衣服，光溜溜的，不知所措。

就算沒有碰面，僅僅因爲事務文件往來，也會禮貌附上短信，然後用銀色迴紋針別上一張名片，展現那種「請多多指教」的誠意。

可是離開職場之後，到底要準備什麼樣的名片才妥當呢？畢竟沒有公司行號當靠山，也沒有職位頭銜好拿出來說嘴，空蕩蕩的名片，形單影隻，好孤單。

一開始，自己用名片設計軟體，編排了幾款喜歡的樣式，內容只是簡單的姓名、手機號碼、電子郵件信箱而已，看起來孤伶伶的，像重劃區第一棟蓋好的房子。

3C賣場有各種材質與底色的名片專用列印紙可以挑選，只要用彩色噴墨印表機列印就可以了，專用的名片列印紙甚至連割線都有，列印之後，輕輕撕開，有模有樣，完全DIY。

起初爲了拓展一些商業書寫案子，只要有機會，就會遞上名片，名片樣式也修正過幾次，後續又加上個人新聞台與部落格網址，甚至連電子報訂閱網址都附上了。畢竟處在沒有案子就沒有收入的乾旱期，藉名片大量曝光，確實是當時的想法。

後來，部落格盛行，部落客之間也開始在類似Punch Party或BOF的網路聚會互換名片，當然，部落客圈子流通的名片，可不像公司行號那種嚴肅正經的設計規格，也幾乎不會讓現實世界的正職與姓名曝光，多數都只標示網路暱稱，還附上與暱稱相匹配的插畫，除了網址與E-mail之外，地址與手機號碼也免了，畢竟，大家都在網路出沒互動，當眞要找人，透過通訊軟體就好了。除非交情到了某種深度，才會將手機號碼另外手寫在名片空白處。那是個虛擬情感濃過實體交情的蜜月期，事情可以在網路上面解決，就盡量維持網路的交際就好。

我也曾經趕時髦，印刷了兩盒有插畫的名片，對於初次見面的人，交換網路專屬名片時，彼此驚訝地哇哇大叫，與傳統職場的禮儀模式呈現截然不同的自由隨興。

漸漸地，需要遞名片的機會少了，一方面是工作上的合作夥伴大抵都固定了，那兩盒名片，也就以一點六盒的庫存，疊在書架的邊邊角角，過了好幾年，數量都沒有減少。

爲什麼會變成這樣子？從一開始急於遞出名片，到後來，甚至可以在收到對方的名片時，毫不猶豫脫口而出……「抱歉，我沒有名片」……這當中，到底出了什麼問題？

過了幾年，終於想通了，原來，我已經進入不靠名片寒暄的模式了，或者應該這麼說，以前靠名片來自我介紹，後來靠書寫先跟對方認識，等到有機會碰面時，感覺已經很熟了，有沒有遞上名片，似乎不重要了。而多數因爲這種模式熟識的朋友，可能認爲沒有名片也無所謂，或者，他們還是很介意，但我自己倒是決定，就這樣辦吧，沒有關係。

不過，自己沒有遞名片的習慣，但是收到名片的數量與機會，比起以前當上班族的時候，不減反增，這倒是很有意思。

這幾年收到的名片，多數是出版相關產業的編輯或是媒體朋友，以及書店的行銷，大家在工作方面互相支援幫忙，雖然不常碰面，但是透過網路通訊工具，也漸漸成爲可以商量事情的朋友，交情早就超越名片的分量了。

早先幾年，因爲商業案子的關係，光是一次會議，就能拿到一疊名片，可是一整疊名片，跟著案子結束，往後也幾乎用不到，甚至碰不到面了。類似這種關係拿到的名片，緣分就這麼淺，先是整理起來，塞進抽屜角落，再隔幾年，就跟紙類一起送進資源回收桶了。

不過，我自己有「臉孔辨識與記名字的障礙」，後來看日劇「多金社長小資女」，發現小栗旬飾演的「日向社長」也有類似困擾，同病相憐囉，也就安心不少。聽說醫學上有比較專業的說法，叫做「心因性認識不全症候群」。最近也有新聞報導，布萊德彼特也有此困擾，新聞報導說這種症狀叫做「臉盲症」。

即使拿到名片一段時間了，三番兩次想不起對方的名字，總覺得這樣子很失禮，因此拿到新名片，就會放在電腦螢幕跟鍵盤之間的「指定席」，每天開機關機之間，起碼可以熟記起來，一旦熟記了，就放在鍵盤右上角距離約莫一個掌幅的位置，疊成小山丘一樣。隔一陣子，又因爲工作關係，收到新的名片，又循著這樣的方法熟記對方的名字，名片小山丘超過一定高度之後，就過濾一遍，用不到的，只好整理起來，塞進抽屜角落。

倒是印了自己姓名與聯絡資料的那一點六盒名片，現在也很少派上用場，可能已經很有信心，就算不遞上名片，也沒什麼關係了。

有個朋友辭掉工作之後，還在接案的慌亂期，起初就拿以前服務的公司名片撐一陣子，等到舊名片沒有庫存了，當眞要印一盒名片，突然想到，沒有公司行號，沒有職稱頭銜，空空蕩蕩的，好虛弱啊！

朋友問我，爲什麼可以那麼率性不交換名片呢？我想了想，可能是夠老了，認識新朋友的機會跟力氣都跟以前不一樣了，好像不必倚賴名片來自我介紹，因爲那不是我跟對方寒暄的工具。即使如此，還是很珍惜別人交付給我的名片，甚至，對方換過幾次工作，就將他的各款名片都蒐集起來，開玩笑說，集滿十枚，可以換贈品嗎？

日本知名出版社「幻冬舍」創辦人見城徹先生在《憂鬱でなければ、仕事じゃない》（不憂鬱，哪算是工作）這本書裡面，曾經提到，「嘲笑一張名片不足掛齒的人，將會在重要的工作上掉眼淚。」但是與見城徹先生對談的「Cyber Agent」創辦人藤田晉先生卻認爲，「以前大家都用名片簿整理工作上認識的人，現在恐怕很少有人只用這種方式來管理自己的人脈關係。名片的存在價值似乎正在遞減。」

不過藤田先生也認爲在他周圍，有不少人像見城徹先生或演藝界大老一樣，對使用名片的規矩非常挑剔，初次和他們見面，交換名片時，一旦有什麼差錯，後果恐怕不堪設想。

還好，在我不工作的十三年之間，年紀也越來越大，在合作夥伴眼中，已經變成老人類了，如此一來，在初次見面交換名片的場合，倘若很輕鬆地說，「不好意思，我沒有名片，因爲我是失業人口」，應該也會讓初次見面的年輕朋友們哈哈大笑，覺得鬆一口氣吧！

脫離開會的阿鼻地獄

如果不能脫離開會的地獄，那麼，離開職場，就失去意義了啊……

應該是在脫離職場之後，才開始有比較多時間與心思回想過往的上班歲月，也才意識到，原來以前浪費在開會的時間，就青春與人生的比重而言，是多麼殘酷的剝削。

大部分的會議根本不是用來解決問題，而是用來發牢騷，或是將檯面下的抱怨告狀，轉換爲檯面上的……美其名爲「理性的討論」，實際是形同集體砲轟的亂鬥。

各部門之間藉由會議溝通協調，就算沒有實際拿出刀劍來互砍，光是把問題跟牢騷，往會議桌的上空丟擲，如砲彈互相攻擊的槍林彈雨，就夠精采了。而多數主管對於會議的心態也很微妙，如果是例行會議，那就露一下臉，如果有棘手的問題要立刻協調與解決，大概也是以「會議後整理一下，再跟我報告」為結論，留下滿室愕然的問號，披上西裝外套，拂袖而去，還是什麼事情都沒有解決。

也許在其他產業與企業仍然存在效率高、氣氛佳、決策果斷的開會模式，不過就我曾經服務過的四間公司，兩種產業來說，都不是那麼一回事，開會其實有許多階級的身段與功夫在其中。以我職場最初十幾年的金融產業經驗而言，超過九成都在沒有結論的會議之中虛度光陰，如果真的有什麼心得，那就是練就一邊開會一邊發呆卻不被發現的本事。不過，要是會議提供好喝的咖啡與好吃的甜點，甚至會議結束之後有便當可以拿，就算完全不清楚會議內容或會後根本沒有決議，好像也不太在意了。

後來也有短暫幾個月的媒體經驗，開會的感覺更糟糕，光是等待開會，就要耗掉好幾個小時，夜深了，公車收班了，還在會議室等待主管或同事姍姍來遲的情況也有，或是通知上午十點鐘開會，可是等到人員到齊，會議正式開始，已經是晚上十點鐘了。

離開職場，終於可以脫離暗無天日的開會魔咒，爽快啊！當時真有一種在海邊奔跑，想要大吼大叫的慾望，但想想那舉動好像有點蠢，有必要高興成那樣嗎？

結果，離開職場後，因爲承接某些採訪或廣告案子，還是必須出門開會，更慘的是，以前在公司還可以仗著年資經歷，以及對同事主管的熟識度，知道在開會的場合如何收放，如何隱藏實力，如何裝傻，但是承接單一案子之後，每次開會的對象都是陌生的對手，可就沒辦法靠經驗與戰術對決。尤其某些案子的開會地點在遙遠偏僻的工業區或科學園區，往返交通就要耗去幾個小時，倘若沒有大眾運輸工具，就要搭小黃，車資可得自掏腰包，如果又遇到那種沒有決議且草草結束的會議，什麼事情都沒有決定，還眞的想要嚎啕大哭呢！

也經常遇到那種堅持要碰面才有辦法確定事情的業主，最後卻只是閒聊幾句，重要細節根本沒談，也許以對方的立場而言，只是想要觀察一下能否合作，但是對我來說，能否合作，一開始的十句對話大概就已經決定了，爲什麼這麼有把握呢？這是經驗，很難明說的經驗，類似知名老鋪永遠不會透露的秘方一樣。

言不由衷且無止境的開會，再度挑戰我的忍耐極限，如果不能脫離開會的地獄，那麼，離開職場，就失去意義了啊！

某一天，我突然有了這樣的覺悟，既然覺悟了，就應該身體力行，否則，覺悟有啥屁用。

決定了，那些要花費過多時間去參加會議，還要花費精神去理解對方閃爍曖昧的用意，類似這樣的案子，到頭來只是互相折磨而已，不會有結果，那就爽快放棄吧！應該把時間放在磁場相同，想法類似，值得去努力的案子才對。

實踐計畫的第一步，就是尋找那些跟我一樣厭惡開會的人。

這種事情，彷彿在茫茫人海尋找有緣人，不過，當你身上強烈發送一種厭惡開會的訊息，對方好像也能夠接收到強烈電波，碰面開會的模式，就會進化到網路交換意見，但是網路交換意見難免淪爲聊天哈拉的意外暴走，那就又要晉級到下一個關卡，也就是「講重點」的訓練。一方傳遞確切的要求，另一方回答可否接受，默契靠這樣的訊息傳遞建立起來，也就不囉唆了。

說起來好像很愜意，但回想起來，應該是經過許多年的努力，才徹底逃出開會的阿鼻地獄。遇到對的人，在對的時刻，產生合作的默契，往後也只需要對方提出明確簡單的邀約，給主題、給字數、給交稿期限，只要在期限之前把完全不需修改的文字交出去，皆大歡喜。

倘若要問我如何辦到？其實沒有簡易的ＳＯＰ可以參考，完全靠人與人相處的誠意跟態度，還有相同的頻率和脾氣，當對方理解你的風格與想法，放手交代，而你要做的就是不負所託，不讓對方困擾，那麼，那些開了也沒有結果的會議，就眞的沒必要浪費雙方的時間了。

可能是因爲自己的工作態度也在業界有些口碑，偶爾還是會碰到新的合作對象，倘若對方開口詢問「要不要碰面開個會，聊一聊？」這時候，就要想辦法靠網路一來一往訊息，直接導入正題，很快的，對方好像也鬆了一口氣，「那就不用碰面開會也有結論了，眞好！」

對啊，眞好，不要開那種冗長而沒有結論的會議，眞是工作者的最高福利啊！我終於脫離這個無限輪迴的阿鼻地獄了！

熱情、盡力、享受過程

米拉拉用最誠實的心，在音樂中看見自己

資深不上班族專訪：音樂人米拉拉

米拉拉小檔案：

10 歲開始學習鋼琴，大學主修聲樂。因歌唱比賽而獲得推出合輯機會，並展開音樂創作生涯。過程中因為生病一度讓音樂事業中斷，卻在這段期間累積更多能量，復出後，除了繼續參與幕後音樂製作，也開始為自己創作音樂專輯，目前已累積 5 張作品。

認清角色定位後全心投入，是最好的自我推薦

大學時，因爲參加大學城、滾石青春之星等歌唱比賽都有得到佳績，不僅獲得推出合輯的機會，畢業後也受邀參與爲劇場、電影及紀錄片配樂，爲流行音樂編曲。二〇〇四年罹患急性腎衰竭，一切工作隨之停擺。接受器官移植復出後，繼續爲配樂、編曲工作努力，也將這段生命歷程寫進音樂中，推出個人專輯，至今已累積五張專輯，音樂創作資歷達二十多年。

起初，我曾有些疑慮，就要這樣以自由工作者的身分繼續下去嗎？但因對音樂創作極其熱愛，再加上當時唱片業榮景一片，即使只是接案，也有不錯的收入。於是，我就放下猶豫，繼續走下去。

我是一個臉皮很薄的人，對於「毛遂自薦」並不太在行，我的工作很多經由他人邀請得來的。因此，「口碑」建立就格外重要。由於是爲委託人創作音樂，與爲自己創作音樂並不同，必須了解對方的需求、喜好，並定位好自己的角色。將音樂交給委託人時，若對方有意見，有時會準備幾個不同版本的音樂與對方討論。有些很幸運的，對方很快就能在這些版本中，挑選到滿意

的作品；若委託人仍覺不妥（甚至他不知道自己想要的是什麼），我會嘗試以我的專業告訴他，音樂爲何會這樣呈現，或透過不斷的溝通、修改取得共識。

雖然我已在音樂創作領域待了二十多個年頭，卻不覺得倦怠。對我來說，這過程最大的收穫也讓我最享受的，就是「這個過程」。因爲，當我投入在每次與他人合作及音樂創作，進入每個工作環節，都像是接受一個嶄新的學習及體驗，感受不同思維相互撞擊所激起的感動，並期許能扮演好自己的角色。爲能對音樂及影像保持細膩的觀察力及敏銳度，每天還是會花費至少二～三小時的時間，透過觀看電影、電視節目，觀察兩者之間的巧妙關係。生活，就是我最重要的學習，讓自己如一潭活水，不斷有泉源注入，就是每天最基本的功課。

我承認，過去曾因爲唱片業逐漸蕭條，感到不安，因而思考過是否應該找份全職工作，才能有穩定收入，甚至有唱片界的人邀請我進入公司。但最後，我仍打消念頭及婉拒。因爲我深深明白，音樂創作才是我的最愛，也是我的天職。無論如何，我都必須堅持。

「危機就是轉機」 風雨過後仍然可以再出發

如果問我，看似一切順遂的過程，是否曾遭受過什麼挫折及難以克服的困難？應該是二〇〇四年健康亮起了紅燈，醫生宣告我腎臟只剩下三個月的壽命。因爲過去的我常把心思都放在工作上，對於健康並沒特別照顧。發病時，我的工作當然也立刻受到波及，全部停擺。我與家人試圖力挽狂瀾，到各大醫院作了各種檢查，希望能找到治癒的可能。但上天就是這樣決定了，我們也只能接受安排。幸運的是，後來，我得到了器官移植的機會，生活、工作有了重新開始的契機。

身體逐漸康復後，我開始調整自己的工作方式。過去爲流行音樂編曲，有時三天就交出一首；後來，我向委託人要求，盡量提前將音樂給我，讓我有更多的創作時間。雖然我現在還是會因爲工作太投入而「不小心」熬夜，但只要一覺得累，我就會選擇小憩，待疲倦感稍微消退，才會繼續。

大病初癒後，我也開始以自己爲主體，從事音樂創作。將生命中的點滴感悟化作音樂與聽眾朋友分享。因爲我很喜歡張愛玲的文字、筆下所描寫的女性與情愛，在《收藏》這張專輯中，就以此爲核心概念，創作屬於自己的音樂。這與爲他人創作是很不一樣的，純然享受自己構築的故事與畫面，當下，自己成了親筆下音樂的導演。

除了創作，我也持續在學校任教。早年曾在北藝大擔任舞蹈系的現代舞伴奏老師，近年則是接任多媒體影音製作課程的老師。有些學生會告訴我，因爲自己不是音樂科班出身的，但希望從事與音樂創作相關的工作，所以想修習專業的樂理課程。我覺得，當發現自己有所欠缺的部份，主動積極去補齊是一件很好的事，但也不必迷信從事音樂創作，一定要從學院出身。事實上，我更希望學生們自在的學習，無論是不斷持續的演出，或是其他任何能夠與他人交流音樂的地方，都能爲自己帶來啓發。因爲我大學主修聲樂，從美聲到詮釋流行歌曲，我竟也花了十幾年的時間去摸索唱腔、發聲位置的不同與奧妙。

在生命中，因爲已經歷過些什麼，深深覺得「危機就是轉機」。就像多年前的那場大病，改變了我對生命的態度，也因爲在那時遇見了所謂的Mr .Right，讓我體悟到愛情的眞諦。當自己能遇見一個「比起我愛他，他更愛我」的人交往，因爲對方願意用全心支持自己，也許沒有所謂的纏綿悱惻，卻能讓我能夠全然放心，專心完成每件希望達成的夢想。

作息規劃：米拉拉的 24 小時

- AM 10：30
  - 10：30 起床（如果是夏天 9:00 起床）
  - 10：30-12:30 音樂創作
- AM 12：30
  - 12：30-13：30 用餐、休息
- PM 1：30
  - 13：30-16：00 看電影、電視節目累積對影音的敏感度及靈感
- PM 4：00
  - 16：00-18：00 音樂創作
- PM 6：00
  - 18：00-19：00 用餐
- PM 7：00
  - 19：00-22：00 音樂創作
- PM 10：00
  - 22：00-03：00 睡身體保養覺
- AM3：00
  - 03：00-06：00 修改前一天創作的音樂
- AM6：00
  - 06：00-10：30 睡覺

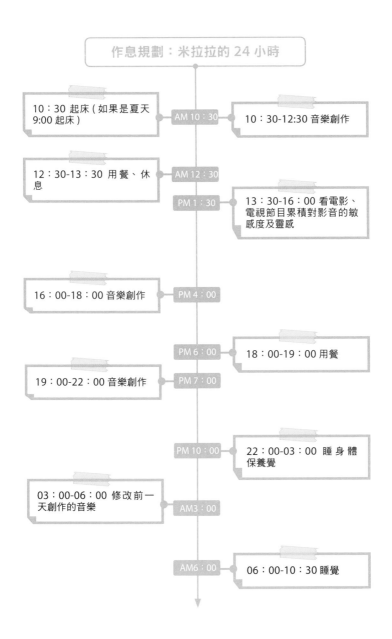

給希望成為音樂創作自由工作者的建議

1

不一定要音樂科班出身，或迷信名校，但是要誠實的面對自己，若發現有哪裡不足，必須要設法學習，並且珍惜每個能夠學習、與音樂交流的機會。

2

從事音樂創作或與人有音樂上的合作時，熱情、認真，但不強求。因為成功是「七分靠努力，三分靠運氣」，全心投入每個工作細節，盡心盡力扮演好自己的角色才是最重要的。

3

從事音樂創作必須要隨時保持 open-minded 的狀態，對任何事充滿好奇與想像，並活在當下。例如，我搭電梯看到一個小男孩在哭泣，我就會觀察身旁的媽媽如何安撫她的孩子，並思考在這個情境下，適合用什麼配樂，或是什麼樣的音樂能撫慰他們的心靈，或是激起了我的某個故事主題來創作歌曲。

4

善良、充滿正面能量的特質，能讓危機化為轉機，無論是什麼樣的辛苦的路，都可以繼續走下去。

5

由於自由工作者沒有固定收入、因此，盡量保持收入大於支出，並在消費時善用網路資源貨比三家，才能省錢。

不上班之自我肯定

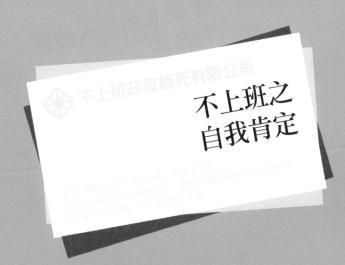

虛榮又折磨人的副刊投稿

歷經多年的投稿，如同等待開獎那樣的心情，終於有人開口邀請書寫每週或每月專欄，那可不僅僅是虛榮啊，簡直是淚如雨下那樣的興奮……

寫作的人，應該都希望看到自己的文章刊登在報紙副刊版面，最好是半版或全版，有最顯眼的標題，還配有插畫，只要攤開報紙，一眼就看到。

在紙張閱讀的年代，副刊儼然是文學界的「選秀節目」，好比楊宗緯跟蕭敬騰ＰＫ的「超級星光大道」。受到主編青睞因而露臉的作者，猶如領到一頂桂冠，戴在頭上，自以爲就要登上文學殿堂的寶座。

偏偏寫作的人又很假仙，倘若被親友發現名字出現在報紙副刊版面上，仍然要擺出一副「嗯，還好啦，隨便寫寫」的死樣子，其實內心眞是澎湃啊！那文字可是來回琢磨，磨出汁液才肯脫手，即使副刊稿酬只有一塊二毛錢，從來不跟隨物價指數調整，今年開始，倘若超過五千元，甚至要被健保補充保費先割一刀。

即使稿費如此微薄，副刊仍然是寫作者憧憬的天堂，就算網路提供了另一處作品曝光的管道，不必等待副刊主編的賞識，自己就可以決定版面的構築，不過，一篇文章刊登在副刊的成就感，還是很難被取代，像我這種內心小小角落還存著老派靈魂的人，尤其死心眼。

最早的投稿經驗到底是小學時期的《國語日報》還是高中曾經投稿《南市青年》，老實說，已經忘記了。但是最初興起從職場叛逃的念頭，也是因爲投稿當時的中國時報「浮世繪版」就被採用，而且配了當時還未成名的「幾米」插畫，幾乎佔了半版，雖然用了奇怪的筆名，偷偷摸摸發表，接到浮世繪版編輯寄來的剪報，也是虛榮得要死啊！

後來可眞是巴住「浮世繪版」不放了，連續幾篇投稿都被採用，也都配了「幾米」的插畫，簡直虛榮到連自己都覺得不好意思了。但是對於「浮世繪版」隔壁的「人間副刊」，倒是不敢肖想，畢竟文章可以登上「人間副刊」的作者，可都是「神樣」等級的狠角色，我這種「小咖」，只配在門口張望，甚至要踮起腳尖才行，從來不敢投稿，覺得那是「自取其辱」的行爲。

漸漸地，膽子大了一點，除了中時浮世繪，也投稿家庭版。後來知道自由時報副刊「花編新聞」徵求短篇小說，而且是一次完整刊登，也就開始書寫小說，順利被採用之後，更是努力寫下去。直到花編副刊主編彭樹君約我，在當時還在南京東路的報社大樓後方小咖啡館碰面，邀請我寫每週專欄時，雖然表面冷靜，佯裝鎮定，但內心已經開始放起國慶日等級的煙火了。回程走到對街搭車時，感覺遠遠過來的公車就是噴射機，只要一關上門，就可以直接衝往高架橋，往天空飛去。

於是，那幾年之間，一邊寫商業案子賺錢，一邊寫雜文、評論和小說，商業案子賺來穩定收入，寫雜文評論與小說，則是讓心靈飽滿，不至於因爲迎合商業案子業主的歡心，而失去文字的銳利與纖細。

寫過《時報周刊》專欄，寫過女性時尚雜誌專欄，甚至連電腦雜誌《PChome》、《PCOffice》的專欄都寫過，也在《HERE》雜誌寫過好幾年的書評專欄，加上企業刊物取向的「君悅」雜誌和「朱銘美術館」刊物，偶爾也寫《誠品好讀》。最特別的是，從二〇〇八年到二〇一二年，持續在《職棒雜誌》寫棒球專欄，也有幾個月連續在《皇冠雜誌》寫短文。唯一進攻《聯合文學》的一次經驗，其實是書寫台南主題的小散文，後來也接受聯合報「繽紛版」邀稿，寫了好幾個月的專欄。

直到某一天，接到當時還在時報「人間副刊」工作的編輯劉克襄來電，竟是向我邀稿一篇關於食物主題的文章，掛掉電話之後，大概發呆了幾秒鐘，然後在屋子裡走來走去，內心雀躍不已，天啊，人間副刊！

那是什麼感覺呢？就好像一個在小聯盟奮鬥的菜鳥，努力從1A、2A、3A慢慢往上爬，慢慢站穩腳步，有一天，接到球團來call，通知你即刻收拾行李，明天開始，上大聯盟了，可以搭專機商務艙移動了，在休息室有自己的置物櫃，如果再努力一點，就能擠進先發名單了。

即使看報紙的人越來越少，即使注意到副刊版面的讀者所剩不多，但是，歷經多年的投稿，如同等待開獎那樣的心情，終於有人開口邀請書寫每週或每月專欄，那可不僅僅是虛榮啊，簡直是淚如雨下那樣的興奮。

從此，我經常接到中時人間副刊邀稿，寫各種題材，甚至寫了一季專欄，雖不是「三少四壯」的等級，可也是擠在「三少四壯」旁邊，類似B咖那樣的小龍套而已，偶爾被看到，仍然要佯裝鎮定，「嗯，還好啦，隨便寫寫！」

根本不是隨便寫寫啊，一字一句，連標點符號都再三琢磨，磨出白髮磨出皺紋了。僅僅是五百字，僅僅是六百塊錢稿費，都非得拚到咯出血來，那意義可不僅僅是討業主開心的商業文案或廣編稿啊，完全是對自己的交代，即使那交代換算成稿費，那般廉價，卻那樣滋補，爲何如此，眞是百思不解。

後來因爲某種要命的義氣使然，率性跟中時人間副刊訣別了，做出決定那天，好像一代強打清原和博引退賽那樣，雖然沒有嚎啕大哭，可也是默默在黃昏裡散步，胸口某個地方，酸酸澀澀的，微妙的感傷。

而今雖然也在雜誌寫專欄，在網路和平面媒體寫評論，在網路書店寫書介，稿費有廉價也有超越副刊的，但那幾年投稿報紙副刊的某種虛榮與看似微薄卻巨大無比的滿足感，彷彿時時提醒自己「莫忘初衷」的定時鬧鈴一樣，偶爾，就要回頭看一眼，那一眼，萬千滋味啊！

決定了，文學獎

咦，為何兩次參加報紙文學獎，首獎都從缺呢？首獎到底是在害羞什麼呢……

對於文學獎參賽，原本很早就死心了，當然這種死心的態度也不是因爲自己有多麼了不起，而是心知肚明，自己寫的文章，根本不會受到文學獎評審青睞，畢竟，那是個遙不可及的世界。

從小被報紙副刊餵養，古老年代的兩大報文學獎得獎作品，總也是反覆閱讀，某些段落文字甚至朗朗上口，得獎作者變成憧憬的偶像，得獎文集也是每年必買的出版品。

但是那種滿溢出來的熱情，往後幾年竟然冷卻了。好多得獎文章讀來艱澀，文字明明那麼華麗，情緒卻缺少共鳴，漸漸地，開始懷疑自己的閱讀能力與品味是不是跟隨年齡增加而逐漸低下，有好幾年都努力研究得獎作品的風格，也因此徹底覺悟，自己寫不出類似的東西，還是趁早放棄比較好。不過，身爲讀者，被文學獎拋棄的感覺，其實也是很淒涼啊！

然而，就如同歌手一樣，就算唱片銷售數字很銷魂，演唱會門票一旦開賣立刻秒殺，可是沒有得到一座金曲獎的肯定，仍然覺得有遺憾。

我開始在網路書寫的時候，其實也同步在報紙副刊發表文章，那是個文字創作的尷尬期，因爲網路作家的定義往往侷限在某種類型的文體，而傳統作家與編輯則是對網路作家充滿微妙的敵意，畢竟，那幾年因爲網路書寫轉型紙本出版的作家往往締造驚人的銷售量，甚至強過傳統文學派的作品，可是眞正要被所謂的文學界肯定，又難如登天。如果有所謂「文壇」這塊江湖的話，那段期間，一定面臨痛苦的轉型期，而且兩方互看不順眼，老派作家覺得網路作家寫的東西簡直是屁，而網路作家才不管老派的江湖規矩，直接擁抱讀者才是王道。

像我這種在網路不寫青春純愛題材，到了副刊發表文章又常常被標示爲網路作家，兩邊不討好，簡直痛苦得要死。

可是自知寫不出出版社編輯要求的「網路文學」之後，也不曉得爲什麼，突然決定，要回頭攻打傳統文學獎的戰場，至於爲什麼會有這樣的轉折，究竟受到什麼刺激，老實說，已經想不起來了。

可能是不甘心，也可能是抱著一種踢館的心態，想要親眼看見自己學生時代憧憬的文學獎風貌，重新活過來。

首先，我必須放棄研究那些得獎作品的風格，不要勉強自己寫出自己不擅長的文字，那樣子太投機、太狡猾了。研究得獎文章爲何得獎，根本不是健康的行爲，我要用自己的本事來吸引評審的注目。

決定從「倪匡科幻文學獎」開始，參加兩屆，勝率零，完全沒辦法進入決賽。當時確實很沮喪，原本以爲是自己擅長的領域，才知道，根本不是那麼一回事。對於科幻文體的理解與寫作模式，自己還太生疏，過了幾年重新看那兩篇文章，果然不是可以得獎的水準。

接下來的目標，鎖定「府城文學獎」。第一次參加「書寫府城」散文類，得到二獎，第二次進攻「小說類」，得到首獎。兩個獎座的重量都很驚人，也開始讓我建立一些自信，尤其小說類的評審名單有「舞鶴」與「鍾鐵民」兩位文壇前輩，頒獎典禮台上，鍾鐵民老師甚至說，他在我的小說裡面讀到自己叔叔的名字，潸然淚下。當時，我站在台上，其實也是強忍住淚水啊！

太好了，有點信心了！接下來，花了相當長的時間，分別在三個年度，書寫三個長篇小說，參加三屆「皇冠百萬小說獎」，從十六名決選，八名決選，直到第三次的前五名決選，最終，還是沒辦法得到那充滿滋補養分的獎金一百萬，更慘的是，原本每一年舉辦的百萬小說獎，在那屆之後，只辦過一次日本推理小說家冠名的小說獎之後，劃下句點，不再舉辦了。

以百萬小說獎爲目標的書寫，其實是督促自己將小說寫作列入日常勞動的主要目標，就好像跑馬拉松比賽一樣，明知道終點線很遙遠，只要將注意力放在每一個跨步，感覺就不會那般疲累。因此那幾年之間的長篇書寫，仍然是非常愉快的經驗，即使沒能得到什麼名氣與稿酬，庸庸碌碌的活著，偶爾可以這樣埋頭做一些自己喜歡的事情，回味起來，也是非常甜美的。畢竟，寫長篇小說可以變成生活作息的一部分，以文字堆砌著故事前進的分量，一百萬獎金在前頭奔跑，我在後方開心追趕，那畫面光是用想像的，也覺得滑稽，但眞的是熱情滿載啊，人生能有幾回那種痴傻呢！

經過皇冠百萬小說獎的歷練，也不曉得是怎樣的氣魄，儼然有了不怕死的傻勁，那麼，就來挑戰「時報文學獎」吧！

既然決定了，就連續幾年不間斷地挑戰，一開始當然也是鎩羽而歸，不過頂多在確定沒有得獎的當天，買一罐啤酒來感嘆一下，倒是沒有太嚴重的挫折感。直到某一年，對，某一年，到底是哪一年，已經想不起來了，倘若認眞去把檔案找出來或是去網路Google一下應該也是可以確定的，總而言之，某一年，在文學獎收件日的傍晚，趕著把稿件列印出來，以短跑一百公尺衝刺的速度，衝到便利商店，塡妥宅急便的單子，當年，就以宅急便火速送抵報社的短篇小說「月光宅急便」，得到那一屆時報文學獎的「評審獎」。

最爆笑的是，接到時報來電通知時，以爲「評審獎」是類似安慰性質的獎項，尤其當時手頭正在處理一件廣編稿，好像沒有太高興雀躍的餘韻，就那樣默默掛掉電話，繼續那篇寫到一半的廣編稿，毫無波瀾萬丈的情緒。後來看到報紙公布的得獎名單，才發現該屆的評審有張大春與朱天心，評審獎是僅次於首獎的獎項，而當年的短篇小說首獎，竟然從缺。

哈哈哈，虛榮得要死啊！

頒獎典禮當天，因爲衣櫃裡面根本沒什麼正式服裝，也沒辦法預支獎金去買一套往後或許派不上用場的衣服，想說寫文章的人，不都窮得要死嘛，那就穿著牛仔褲去領獎吧！到了現場才發現其他獎項的得獎者，穿了正式長禮服出席，還有梳頭化妝喔，就是金馬獎金曲獎金鐘獎走紅地毯的那種等級耶！

既然挑戰了時報文學獎，那就繼續衝刺「林榮三文學獎」吧！爲什麼呢？因爲林榮三文學獎的獎金很高啊！

接到通知入圍的電話時，其實忍了好多天，不敢告訴周圍的朋友，怕那通電話是個騙局，直到自由副刊登載消息之後，才篤定那不是詐騙電話。但文學獎這種冷門活動，詐騙集團應該沒什麼興趣來參一腳吧，自己眞是多慮了。

頒獎典禮好隆重，有管弦樂團表演，而且把入圍者都叫上台，從佳作開始，一一唱名，最後剩下兩名入圍者，我心想，大概是完蛋了，自己應該沒有得首獎的命。

沒想到，兩人並列二獎，首獎從缺。

咦，爲何兩次參加報紙文學獎，首獎都從缺呢？首獎到底是在害羞什麼呢？

好了，文學獎的終點就是這裡了，我沒有繼續挑戰聯合報文學獎，因爲我發現，有沒有得文學獎，好像沒差，除了寫文章或出書的時候，在作者簡介的欄位可以稍微拿出來臭屁之外，對於出版市場的行銷策略而言，文學獎好像沒有加分，可以寫得出愛情兩性養生親子或者拉筋拍打減肥美容才是救世主吧，如果這些題材都不行，起碼要有清涼寫眞集的實力才有用吧！

我的文學獎冒險旅程，就此進站，列車停在月台，不會再出動了。

但人生可以有機會做這些爽快的事情，也覺得無憾了。

文學獎本來就不公平

文學獎本來就不公平，就好像每個主審的好球帶都不一樣，棒球規則裡面也提到，對好壞球的判決不能抗議……

某日在作家張大春的部落格看到一篇文章，「答一封寧願匿名的留言——關於不得獎」。

張大春經常擔任文學獎評審，我想，一定有很多文學獎參賽者都有同樣的疑惑。「我寫得不差啊，爲什麼連初審複審的資格都沒有？」「那些得獎作品看起來都不怎麼樣啊，爲什麼他們會得獎？而我的作品不受青睞？」

其實，文學獎本來就不公平，弄清楚之後，就不會這麼在意有沒有得獎了。也就是說，當你決定參加文學獎，其實就表示你同意這種評選的規則，只要是由一群人主觀評選的競賽，就不會公平，那跟賽跑、跳高、跳遠不一樣，跑得快的人，跳得高跳得遠的人，就會名列前茅，但是文學獎不一樣。

也不只文學獎不公平，譬如金馬獎、金鐘獎、金曲獎也一樣，只要是由「人」來決定好壞的獎項，就是主觀。只能說，得獎的作品，是普遍被評審喜歡的，至於哪個最好，哪個最優，就很難說了。某個評審最愛的作品，不見得最後能得獎，但普遍被喜愛的，即使在各自評審的心目中只位居第二、第三，但只要平均起來被喜歡，最後就有可能奪冠。

當一個文學獎決定了評審名單，其實就決定了得獎的作品風格，也許你寫的主題內容恰好不屬於某幾位評審的「守備範圍」，也就是說，剛好是他們很討厭或不熟悉的領域，於是在審閱的過程當中，始終處於「被厭惡」的狀態。何況參賽作品那麼多，僅僅靠文字跟評審投緣的機率，可能還要靠點奇蹟才行。

想到那些參賽作品要從初選、複選、決選，一路過關斬將，討不同的評審歡心，不管是散文、小說、新詩，都不簡單啊，都要非常勇敢地，立正站在陌生人面前，被指指點點，被品頭論足，所以，不管得不得獎，寫作的人都要跟參賽作品說一聲，「辛苦了，你眞的很努力啊！」

寫作的人向來都自負，對自己的文字比較寬容，對他人的文字就相對嚴厲。但偶爾回頭去看自己三年前、五年前、十年前寫的東西，還是有那種……「搞什麼啊，寫這麼爛，難怪不會得獎。」一旦有這種反省的自覺，就有辦法找出自己擅長的文字表現方式，就不會一味模仿某些得獎作品，能夠自由自在書寫出來的東西，自己喜歡，沒有絲毫勉強，自然就會得到共鳴。

但得不到共鳴也無所謂，這世間有許多工作，都要努力迎合市場，或讓合作的人感覺開心，但書寫這種事，要達到隨心所欲又能獲得讀者喜愛，沒那麼容易。

雖然說，在台灣參加文學獎，有得獎或沒得獎，其實沒差，但寫作的人還是會想要挑戰看看。像我之所以想要參加文學獎，一方面是獎金，另一方面是目標，可以鞭策自己不斷寫出讓自己閱讀起來也不丟臉的作品，不至於懶惰，但最主要的動機，還是「踢館」的心態。想要挑戰不同評審，即使知道自己文字的調性不會是他們喜歡的，但有時候會出乎意料之外得到他們的讚美，那種感覺好比面對不擅長的球路，卻意外揮出深遠安打一樣（雖然揮棒落空的機率也是很高啦）！

所以，文學獎本來就不公平，就好像每個主審的好球帶都不一樣，棒球規則裡面也提到，對好壞球的判決不能抗議，所以，眞的沒必要去揣測評審的喜好，也不必去計較得獎作品是不是比自己寫的還要爛。

如果還是沒辦法釋懷，那就去讀一讀日本視覺系樂團「X Japan」團長YOSHIKI的傳記，最初他成立樂團「X」在日本獨立樂壇闖蕩時，很多人警告他，必須去討好樂評，必須遵守搖滾樂的規矩，才有辦法在主流樂界出道。但是YOSHIKI覺得，只要自己的作品夠好，被樂迷喜歡，這樣就好啦，就算永遠無法在主流樂壇出道，也無所謂。

反正，文學獎本來就不公平，金曲獎、金馬獎、金鐘獎也是。只要是少數人決定的獎項，只能說，普遍被喜歡，平均值最高，也許才會脫穎而出。想清楚這種規矩，再決定要不要參賽，否則，可以肯定作品的管道很多，得到文學獎不代表可以出書，也不保證可以成爲暢銷作家，就好像參加選秀節目，不代表可以成爲發片歌手，比賽只是選項之一罷了。「得之，我幸；不得，我命。」

出書沒有你想的那麼好賺

出版市場比檳榔西施的市場還要殘酷，還要「夕陽產業」啊……所以，江湖上有些謠言，真的聽聽就好……

許多人之所以有出書的想法，大多是因爲想要擁有自己的著作，可以擺在書店平台販售，也可以放在自己家裡的書櫃，印成紙本的感覺本來就跟網路部落格書寫不同，至少有ISBN這組出版ID認證，名正言順被稱之爲「作家」，而不是「寫手」，成就感還是不一樣。

但出書的動機如果只是「希望擁有自己的紙本書」，可以跟好友分享自己的想法，那麼，我會比較建議自費出版，少量印刷，當作禮物送給親朋好友即可，而不是直接拿到書市去廝殺，至少這樣子比較愉快。畢竟一本書變成商品之後，競爭是非常殘酷的。

或許有人認爲書本一旦出版，就好像某些明星聲稱，版稅收入如果不能買一棟房子，少說也有百萬收入，其實，出版市場比檳榔西施的市場還要殘酷，還要「夕陽產業」啊……所以，江湖上有些謠言，眞的聽聽就好。

台灣一整年之間的出版數量非常驚人，但是可以擠進暢銷榜，讓作者版稅破百萬、甚至買房子的例子，少之又少，至少十根手指頭數得出來吧！而且這十根手指頭幾乎被翻譯書霸佔，還有龍應台、九把刀、藤井樹、彎彎、女王等保留席，剩下幾根手指頭，想想也知道，可能連指甲屑的分量都沒有。

至於有沒有辦法買房子，我還沒機會變成書市的A咖，也不是太清楚。

不過，有些迷思還是需要被澄清，譬如：

◆上廣播節目可以領通告費？錯！

打書期間不管上多少廣播節目，都沒有通告費，而且來往交通費都要作者自理，大部分電台都不希望電話連線，某些電台位在偏遠地區，公車或捷運到不了，就只能靠計程車小黃，一旦遇到深夜時段，還要夜間加成，若通告時段排在平日白天，而作者另有工作，也要請假才行。因此認爲出書上廣播節目可以有額外收入的迷思，純粹是誤解。但也有例外，譬如教育電台是有車馬費的。

◆上電視節目打書有通告費？不確定，但應該沒有。

我沒上過電視節目打書，但聽說也沒有通告費。畢竟是製作單位提供時段讓你打書，沒有收錢就不錯了，怎麼可能還付你錢。雖然台灣有線電視頻道有一百多台，可是純粹談書的節目少得可憐，頂多跟名嘴或通告藝人排排坐，只能趁著節目開場送書給主持人的時候，讓書封露一下臉，那就算功德圓滿了。除非，作者有意朝演藝圈發展，以出書作爲宣傳手段，爲往後的演藝事業鋪路，上通告也算是某種形式的投資。至於單純的打書是沒有通告費的，尤其是文學類的小說散文，想要在電視露臉，機會少之又少，可千萬不要肖想靠電視通告打書兼賺錢喔！

◆座談有出席費？錯！

有人以爲配合新書宣傳活動的座談，可以賺出席費，答案是，沒有。受邀一起座談的來賓有出席費和交通費補助，但出版書的作者就除外，畢竟是出版社找人幫你打書，甚至要花錢支付場地費，當然不會另外付作者費用。

◆書腰掛名推薦可以收費？錯！

有人以爲作家稍有知名度以後，在其他出版品的書腰掛名推薦，應該很好賺吧？錯！那些掛名都是人情，有時候甚至要提供一段推薦語或一千字不等的推薦文，大多是「無料」的，出版社不會付錢。

◆平面媒體摘錄文章可以另外賺稿費？錯！

一般報紙副刊或雜誌摘錄書內文章刊登，不會另外支付稿費，因爲那也是宣傳。

好了，那應該有人會問，靠寫書可不可以爲生？這問題的關鍵在於，你是不是一個很有銷路魅力的暢銷作家，否則我們來效法湯川學*教授趴在地上，拿起小石子，快速寫下算式：

假設一本書的平均售價爲二百五十元，作者版稅百分之十，一刷預付版稅二千本

250 x 10% x 2000 = 50000

預扣稅百分之十，再加上他媽的今年才有的二代健保補充保費百分之二

所以作者拿到的版稅是：50000 x 88% = 42500

以台灣出版市場而言，超過百分之十的新書都賣不到二千本，平均在書店平台上架不會超過

一個禮拜，也就是說，有九成機率，就是以四萬二千五百元版稅作收。剩下的存貨，在倉庫租金高漲的壓力之下，出版社定期會做處分，直接焚毀或低價切貨給二手書店，不可能再版。

以平均一本書約八萬字的分量，每字平均單價是零點五三元，也就是五毛三。比起一般副刊或雜誌稿費一到一點五元要低，當然目前雜誌專欄稿費的「股王」是壹週刊，江湖上傳言每字十元。

所以，出版一本書，定價的結構中，有九成是要支付印刷、紙張、通路、運輸成本，以及支付出版社編輯、外包的排版設計、行銷、印刷廠和通路商、貨運業者的薪水，只有一成屬於作者的收入。當然不要忘了，有些書之所以將定價提高，是爲了書店狂殺七九折之後，至少還符合成本。

日本「幻冬舍」創辦人見城徹說，自從他推出編輯處女作之後，就有一項個人的偏執：書籍若無法暢銷便失去出版意義。

也許有很多人對這種論點不以爲然，認爲知識傳遞的偉大力量才是出版最有意義之處，不過從商業角度與數字運算來看，確實如見城徹說的那樣，非常殘酷。

台灣的出版社編輯幾乎很少有機會能夠替自己喜愛或發掘的作者規劃作品出版，通常在提案時，編輯就被要求在內部會議向行銷業務部門提出預估銷售數字，出版之後，還要針對實際銷售數字提出解釋，甚至被嚴格檢討，但話說回來，倘若可以在事前預測準確，還不如去報股市明牌。

所以，出書真的沒有那麼好賺，尤其對作者來說，出書除了熱情理想之外，並沒有太多關於金錢收入的保證。當然，對出版社來說也是如此，只能祈禱偶爾做到一本A咖暢銷書，來養其他賣不到二千本的F咖了。

曾經有一位文壇前輩偷偷跟我說，最近這幾年，都不敢把作品交給出版社，怕出版社賠太多錢。我永遠都不會忘記他說這些話的時候，語氣之中，透露的無奈與感嘆。

（＊）湯川學：東野圭吾小說《神探伽利略》主角。帝都大學理工學部物理系第十三研究室準教授。頭腦精明外表英俊，頗受女學生歡迎。破案關鍵的必殺絕技，就是在身邊立刻找到空間寫一堆算式。

被叫「老師」的時候其實很不好意思

會覺得對不起這個稱謂，恨不得旁邊剛好有個洞穴，立刻跳進去，把自己埋起來……

村上春樹在《雜文集》裡面有這樣的敘述：「正如您所知道的，世間有一句話說『沒有傻瓜願意被稱爲老師的』，雖然在適當時機先稱呼人家爲『老師』之後，確實有些情況是很多麻煩都可以暫且擱一邊去……」

讀到這段話，眞是忍不住點頭，對對對，確實是那樣沒錯。

據說在演藝圈裡面，相當重視以「哥」或「姐」這樣的輩分稱呼，如果眞的有這回事，那麼在藝文圈裡面，就很愛用「老師」這樣的稱呼。

仔細想想，如果我是出版社或媒體的小編輯，或是藝文活動主辦單位的小職員，爲了禮貌，或眞的就像村上春樹說的那樣，「確實有些情況是很多麻煩都可以暫且擱一邊去」，不管聯繫對象的年紀或輩分如何，一律以「老師」稱呼，應該可以省掉許多麻煩。

就好像棒球場上，遇到對方推出ACE強投，既然前一棒上壘了，那就短打推進吧，至少沒人出局，可以讓跑者上到二壘得點圈，雖然自己犧牲出局了，至少接下來兩棒賭一棒，總是比較安心。

不過，當我被編輯或行銷或活動主辦單位的聯絡人稱呼爲「老師」的時候，老實說，很不好意思，甚至會覺得對不起這個稱謂，恨不得旁邊剛好有個洞穴，立刻跳進去，把自己埋起來。

有一次參加某文學獎頒獎典禮，我是參賽的受獎者，按照主辦單位先前的來信指示，應該先去繳交獎金報稅資料，然後別上有鮮花裝飾的紅色條子（類似媒人婆那種），可是在接待櫃台的工作人員一直稱呼我老師，邀我進入場內座位等待，遇到該副刊主編，他又催我快去繳報稅資料，轉身回到那個接待櫃台，工作人員又說，老師，請趕快入座。

那個畫面，一直到現在回想起來，還是覺得很爆笑。

我是眞的很不習慣被稱爲老師，但某些場合，爲了不讓對方感覺麻煩，也就「呵呵呵」，讓那稱謂如微風，飄過去。

說不定藝文圈裡面，眞的有人因爲沒有被稱呼爲老師而感覺生氣吧，但是像我這種「還是不要拘泥於這種形式，直呼名字也無所謂」的普通人，應該也不少吧！

除了小說，其餘都不擅長

除了書寫之外，採訪、演講、朗讀、上電視或廣播節目，都不擅長，如果可以的話，都不想做……

某日讀了村上春樹《雜文集》一段話，覺得非常安心：

「我喜歡寫文章，寫文章也從來不覺得痛苦。只是除此之外的事，老實說相當不擅長。採訪、演講或朗讀，如果可能都不想做。電視和收音機也從來沒上過。不過覺得太過於自我封閉似乎也不健全，因此有時會刻意出現在人前。只是不管做什麼都好，就是不願意犧牲寫文章的時間。小說家說起來，本來所有的個人行爲和原則，都應該放進小說裡，在現實中實現那些，我認爲畢竟是次要的事。」

之前，某位出版社總編輯也說過類似的話，大意是，小說寫作者就應該專注於小說出版，倘若有散文或隨筆之類的書寫，就當作給讀者的小小福利就好。

其實我也跟村上先生一樣，除了書寫之外，採訪、演講、朗讀、上電視或廣播節目，都不擅長，如果可以的話，都不想做。當然也曾經被誇獎過，受訪的時候很有趣，演講或分享的時候很能講，上廣播講得很精采，但終究是爲了讓對方覺得開心，只好勉強自己必須盡力，到頭來，還是做了不擅長的事情，事前總是非常緊張，事後也覺得表現不好。

當然，光是自閉型式的書寫，不拋頭露面去叫賣，是沒辦法打開知名度，可能會變成「永久初版作家」，對出版社而言，不會是值得投資的作者。就銷售層面而言，最好是寫「好賣」的主題，各種宣傳方式都不拒絕，要上遍各類通告，盡可能跑遍各種演講場合，甚至參加談話性節目，接一些活動代言，這樣最好。

所以，再怎麼任性，也要想辦法做些自己不擅長的事情，但這世間許多事情偏偏就這麼弔詭，往往自己硬著頭皮去做的，就特別受歡迎，自己覺得最有把握的，反而賣得最差。目前可以做到的，大概就是把時間力氣切成兩半，一半強迫自己做不擅長卻好像很受歡迎的事情，另一半就做自己擅長而且做起來很快樂、但是賺不了什麼錢的事情。我記得吳念眞導演也說過類似的話，以拍廣告片或代言賺的錢，來資助自己想做的事情。

不過，我還是堅持把最棒的想法，放在小說裡面，因爲那才是最擅長的……我認爲交代最完整的表現方式。

村上春樹在二〇〇六年獲得「卡夫卡國際文學獎」時，捷克《權利報》提出這樣的問題：「您是一個不需要媒體宣傳的作家，在本地大家也知道。在這樣的意義上有人稱您爲『日本的昆德拉』，不過多數作家都相當重視出現在媒體這件事，認爲文學也是一種事業，您爲什麼不採取那樣的態度？」

村上春樹這麼回答：「所謂小說家，是以寫文章爲工作的。把一切事物都有效化爲文章，提供給讀者，是小說家被要求的作業。可是爲什麼，小說家必須去做除了寫作之外的工作呢？這是我反過來想問的事。如果想出現在電視上，我可以去當電視演員，如果想唱歌可以當歌手，想參政可以當政治家，我是因爲想寫文章所以當作家的，只不過這樣而已。」

呵，我不知道別人怎麼看村上春樹這段話，我個人倒是覺得好開心。

因爲對所謂的「打書期」出現畏懼與無力感，約莫在二〇〇八年前後，在內心默默做了不再出書的決定，所有書寫主力都放在雜誌與報紙的專欄，因此對於出書的邀約，完全提不起勁。直到二〇一一年，以前在《明日報》時期的同事，剛剛到出版社任職，對於我不想出書的決定很好奇，「只要是寫作的人，多數都希望至少每年出版一本書啊」「倘若一本書的銷路不好，是出版社不夠努力，跟作者沒有關係」，很奇妙的是，我被說服了，出版了《夏日彼岸》，關於一個雜誌社總編輯消失的故事。

好像腦袋開了一個小小的洞之後，光線一直透進來。那年又出版另一本小說《慾望街右轉》和一本隨筆散文《只想一個人，不行嗎？》，二〇一二年出版了小說《極地天堂》和隨筆散文《如果那是一種鄉愁叫台南》，二〇一三年則是發表長篇小說《台北同棲生活》。

之所以繼續書寫，願意出版，是因爲這些合作的編輯夥伴都說，除了書寫之外，其他的事情就交給我們吧！

我希望可以跟村上春樹一樣，既然是以寫文章爲工作，把一切事物都有效化爲文章，提供給讀者，就是寫作者被要求的作業。當然也很希望自己可以像村上春樹那樣，寫出來的書稿交給出版社，編輯會說：「收到了，一切交給我們吧！」然後自己可以轉身繼續下一個作業。

但是可以像村上春樹這樣子，不用上媒體宣傳的作家只是少數，在台灣，尤其困難。那就以村上春樹爲目標，繼續努力吧！

「今年的員工旅遊，就讓我這本書來買單吧！」

總之，我也要努力成為村上春樹那樣，「對全國書店的銷售業績有貢獻」……

有一段時間，每天早晨打開電腦之前，先讀一篇村上春樹的《雜文集》，一天頂多一篇到兩篇，幾乎是以「超慢跑」的速度前進，但這種速度感剛好，村上春樹的雜文，適合這樣的速度，過快過多，都不好。

村上春樹說，「小說家是以時間爲對象戰鬥的人」，可能是因爲我的寫作半數也是花在跟時間戰鬥的小說，因此閱讀村上春樹穿插在小說寫作之外的雜文，特別覺得受用。

村上春樹的得獎致詞都非常有趣，二〇〇九年獲得「新風獎」的致詞，標題是「無論枝葉如何激烈搖晃」，這標題如果遇到傳統編輯，應該會立刻改掉吧，但他是村上春樹，這標題無論如何都覺得很適合。

新風獎是集合書店經營者評選出來的獎項，村上春樹有以下的註解：「好像因爲《IQ84》對全國書店的銷售業績有貢獻而獲選的。這種評審理由非常清楚，所以很爽快，我個人能對書店的經營有貢獻也感到高興。」

因爲所寫的小說對全國書店經營有所貢獻而得獎的，還有一九八七年的《挪威的森林》。村上春樹說：「書這種東西，當然不是說暢銷就好，不過我想有這麼多人能實際到書店，付錢買書，拿在手上讀下去，這件事對我來說，應該算是很大的成就……我們眞的不得不和多樣的新媒體競爭，顯然處在一種資訊產業革命的正中央，其中有意想不到的價值重組和地盤改變……但無論如何改變，這個世界，依然有唯有書本這形式，才最能傳達的思想感覺和訊息，是不會變的。這三十年來我一直相信這件事……」

我出版的第一本書也是小說，二〇〇〇年，距今也有十三年了。這十三年之間，究竟出版多少本書？好像也沒有認眞算過，或即使算過，也常常忘記，每次被問起，又重新算一次，然後又忘記。

總之，這當中也有寂寞上架又寂寞下架，然後因爲要節省倉儲費用就拿去焚化爐燒掉（另有一種較文雅的說法叫做「處分」）。但其中也有幾本還算暢銷，幾乎每週都通知再刷，算一算，好像也可以很豪邁地支付出版社員工幾個月薪水那樣的氣勢。總之很希望自己寫的東西，一旦出版了，可以很有自信跟出版社編輯說：「那麼，今年的員工旅遊，就讓這本書的營收來負責吧！」

以前我也曾經很天眞地鬼叫，出書才不是因爲想要賺錢呢，後來慢慢轉變想法，如果沒辦法賺到錢，那出書有什麼意義呢？如果只是想要產生影響力，那就在部落格或微網誌上面熱血書寫就行了啊！

總之，我也要努力成爲村上春樹那樣，「對全國書店的銷售業績有貢獻」，或是每本書都可以拍胸脯跟出版社編輯說：「今年的員工旅遊，就讓我這本書來買單吧！」

好吧，這就當成這五年之內要努力的目標囉！

不餓死的祕密

一直在職場或人生扮演敗組的角色，一直哀怨或自卑，即使如此，只要還過得下去，也沒有人會責怪，但我就是討厭那種要死不活的陰暗……

有人看我失業十三年，似乎過得不錯，既沒有因爲缺糧而瘦到皮包骨（多數時候還爲了減肥而煩惱，嘆～），也沒有因爲積欠費用而遭到斷水斷電斷瓦斯斷網路，或是繳不出卡費被追債，甚至還有餘力出國看WBC經典賽，實在很過分。

早先幾年靠書寫商業案子過活，後來寫報紙雜誌專欄還出書，也曾經很衝動地參加文學獎，默默落選和意外獲獎的經驗並存，彷彿投資有賺有賠。

有些在職場過得不愉快的朋友，或是想要以文字過活的人，也就有了可以複製的模式，紛紛表態，想要辭掉工作，開始在家工作的「接案人生」。

一旦接收到周圍朋友「想從職場叛逃」的商談，我大概都會採取「強力反對」的態度，畢竟這種工作模式，如果沒有足夠的積蓄，沒有一些經濟與人生的條件，很快就會陣亡，因爲陣亡而想要重回職場，說眞的，難度也會增高。

我在成爲所謂的SOHO之前，其實非常規矩地當了十幾年的受薪階級。在那個階段，不只存了一些錢，還累積不少投資觀念與實戰經驗。現在回想起來，非常感謝那十幾年的認命與節儉，如果不是那些年存下的本，就沒辦法度過這十三年的失業歲月，而且這種日子，好像還要繼續下去，畢竟重回職場，已經不太可能了。

我在工作的第一年，就開始「跟會」，標到第一次會，拿著會頭交給我的整綑鈔票，就立刻用牛皮紙袋裝起來，藏在外套裡，搭電梯下樓，把錢交給銀行櫃員。那是我這輩子第一筆定存，當時定存利率還有百分之十以上，銀行沒有ATM也沒有提款卡的年頭，夠古老了吧！

上班兩、三年之間，股票加權指數來到萬點以上，也曾經跟朋友合資，在股市「學習」了一段時間，崩盤之前非常好賺，崩盤之後也跑得很快，小小賺了一些，也小小套了一點。

往後幾年，雖然沒有繼續跟會，也徹底跟台灣股市告別，卻開始每個月發薪日，自動從帳戶扣款的「零存整付」定存習慣，持續了很多年，累積一筆存款之後，就繼續「整存整付」。

後來，因爲工作跳槽的關係，薪水翻升了兩倍，當時台灣開放海外基金投資，我的投資啓蒙是歐洲小型基金，向銀行櫃台申購之後，可以領一張書面憑證，如果要贖回基金還要親自跑一趟信託公司，還沒有歐元，仍然是馬克計價的年代，也算古老吧！

從此以後，基金投資變成我的日常功課，有賠有賺，但至少慢慢學會了投資理財的一些邏輯，也培養了承擔投資風險的膽量，也因爲賠錢而理解自己對投資的某些盲點，那些賠掉的錢，當成學費，其實也沒有虧到。

購買保險也列入投資計畫。上班第一年就買了「繳費20年，保障終身」的壽險保單，隔幾年再添購醫療險、防癌險、養老年金保險，直到近幾年開始加碼投資型保單。我自己是讀保險出身的，對保險商品沒有排斥，也不覺得是騙人的東西，至少在有收入的這幾年，先準備好養活自己的打算，當然算投資。

至於「人生條件」，到底是什麼？

每個人，在每個階段，都有不同的「人生條件」，譬如我決定離開職場當時的人生條件，就是單身，一個人，沒有小孩，不必負擔房貸房租，不必養車子，不必租車位，不必負擔父母親的生活費，如果不憧憬名牌也算在條件之內的話，那就是。

如果當時的人生條件是結婚了，生小孩了，老實說，除非自己創業，當老闆，賺那種大筆的錢，否則要靠一字零點八到一點二元的文章來支付保母費、奶粉和尿布錢，甚至是小孩上學之後的學雜費與安親班或美語才藝班的支出，根本不可能。倘若要付房租或房貸、付車貸和租車位，靠一篇五百元到一千五百元的專欄稿費，可能早就翻白眼了。

其實，在考慮要不要離開職場的那幾個月，有非常多恐懼，想想自己的年紀還要重新找工作似乎是不可能了，既沒有結婚，也沒有小孩，不管是年齡還是婚姻狀態，都屬於「人生敗組」，如果持續在職場忍氣吞聲，做到退休，領了退休金，不要有太多的理想抱負，好像才是最安全的「收尾」或「下莊」。只是不曉得當時爲何突然轉念，決定將「人生敗組」的所有負面條件當成正面迎擊的籌碼，沒有婚姻、沒有小孩，但是有小小坪數可棲身的屋子，有短時間之內還不至於餓死的積蓄，還有過去勝敗參半的投資經驗可以抵擋一下，不就是可以放手一搏的本錢嗎？

其實要一直在職場或人生扮演敗組的角色，一直哀怨或自卑，只要還過得下去，當然也沒有人會責怪，但我就是討厭那種要死不活的陰暗。就算被別人看笑話也好，我要發揮B型人的特質，就算不被瞭解也無所謂，敗組就敗組，只要有那種讓自己開心的勝利法就好了。

反正，要養活自己一個人也不是太困難，而且，過去的積蓄和投資理財的稍許本領，至少可以支撐那些微薄收入的書寫快樂，這種養活自己的模式，透過十三年間的運作，好像還可以。

如果現在有人問我，靠文字寫作可以過活嗎？我也許要花一個禮拜才有辦法解釋清楚吧！不是「可以」或「不可以」就能簡單開釋的。

重點是，要過什麼樣的生活？要背負什麼樣的人生責任？還有，單純靠文字過活，可行嗎？除非，專欄稿費很高，除非，出版的書都可以一刷再刷，除非，任何廣告代言都來者不拒，要是可以上電視節目，變成名嘴更好。但如果像我這樣，對書寫之外的事情都不擅長也不熱中，甚至很排斥，那麼，就要靠一些外快來養活自己，而且，外快的收入，還要高於書寫收入好幾倍才行。

譬如，植牙的費用是贖回「東協基金」的獲利，到東京看經典賽的費用靠「拉丁美洲基金」，那些高收益基金的每月配息也足夠我看電影或買書的支出，如果想要處理屋頂漏水問題，那就看生技基金的表現了，再努力一點啊！

每天上網都在跟這些努力幫忙賺錢的基金培養感情，搞清楚它們的利多消息與利空風險，閱讀各個分析師的觀點，想辦法跟投資標的建立革命情感與默契。重點是，自己投資的盈虧自己負責，絕不幫別人出主意，免得虧錢還要傷感情，畢竟投資要看個人承受風險的體質，我還沒有厲害到可以四處報明牌。

但投資的歷程也不是一直那麼風光，也有過現值只有本金的一半不到，或是忍痛認賠贖回轉換標的，總之，自己下的決定，自己承擔，折磨久了，總會清楚心臟的強度可以承受多少盈虧的重量，也絕對不要借錢來投資，因爲我不是神，投資當然有賺有賠，否則那些基金廣告幹嘛找一個人在那裡快嘴Rap，提醒投資者下單之前要詳閱公開說明書呢！

若要問我，這幾年到底靠什麼養活自己呢？就精神層面而言，寫作絕對是養分，就經濟層面而言，投資理財可能才是並肩作戰的夥伴。當然感謝這些年來，每隔幾年的保單分紅成爲及時雨一般的獎勵，過去的自己，養活了現在的自己，而現在的自己，也要想辦法養活未來的自己。即使沒有固定的企業老闆當靠山，也總算找到自己養自己的方法了，眞是感恩啊！

部落格是一個人的總編輯

支撐我每天起床之後，從床鋪爬到電腦前方的主要力量，就是在自己的部落格王國裡，過足一人總編輯的癮……

如我這樣的在家工作者，尤其是靠文字過活的人來說，網路書寫與發表，等同於商場初次見面亮出的名片。因為喜歡我所書寫的觀點或講故事的方式，就會變成每天來點閱的「熟客」，這當中，可能有報紙與雜誌編輯，可能有想要尋覓文案寫手的業主，甚至是找尋作者的出版社總編輯。

當然，部落格的形態有很多種，寫美食旅遊的、寫美妝與電腦3C開箱文的、寫養生或教養題材的、寫詩寫小說寫書評的，甚至是格主自拍清涼照的部落格也超受歡迎。

幾年之前，網路廣告正當火紅時，部落格邊欄變成兵家必爭之地，尤其幾大網路廣告公關公司各據山頭，光是部落格到底該不該接受「置入性廣告」，就引起不少重量級部落客之間的唇槍舌戰，而話題引爆點，應該是公關公司推出的百分之百回饋方案，搭配所謂的「黃金寫手」運作模式，瞬間有了「滿地開花」「全面引爆」的曝光率，才出現後續這些爭辯。

贊成與反對在部落格本文置入行銷的觀點都很精采，也都覺得很合理，爲什麼會這樣子呢？是我的立場太搖擺嗎？但仔細想想，並不是啊，因爲部落格的基本精神就是「自由」，每個人都可以把自己的部落格布置成自己想要的模樣，要不要放廣告，想不想置入行銷，應該都很自由，這大概是部落格之所以挑戰媒體最刺激的關鍵。但話說回來，爲何所謂的華文部落格大獎要由傳統媒體來舉辦，這又是一大諷刺，到底誰有資格來決定哪個部落格好不好，但這是另外的話題，先擱一旁。

過去曾經有兩、三年的時間，我都在幫雜誌、報紙、網站寫所謂的「廣編稿」，所謂廣編稿，其實是客戶下廣告費用，但是露出格式要「非常類似」雜誌記者寫出來的內文。我記得那幾年之內，大概寫過各知名大廠的筆記型電腦、手機、投影機、DV攝影機、數位相機，甚至有一陣子還變成休閒產業的指名寫手，譬如度假中心、五星級飯店、健身俱樂部，甚至有飲料冰品與價錢貴到嚇人的美容保養品。可是，那些稿子都不具名，有時廠商透過媒體廣告單位，會指名叫我寫，因爲他們覺得我寫的東西，會讓讀者產生購物衝動，呵呵，眞是抬愛了。

但後來很少接這類案子，一方面是一個案子經歷數次轉包，層層剝削，反倒是最辛苦的寫手，拿到的酬勞最少。另一方面則是這類文章寫多了，有時候會有嚴重的違和感，講明白一點，就是嘔吐感。產品明明沒那麼好，卻要一直苦思文案來吹捧，但那是工作，很少有工作沒有催吐效果的，也只好認命。

撰寫這類廣編稿的費用，其實要包括最珍貴的創意成分，由於媒體之間的惡性競爭，幾乎是削到見骨的破盤價，到後來竟然只給等同於「整理文稿」的報酬，於是幾個寫手就串聯抵制，只是這種「正氣」也沒了不起到哪裡去，媒體當然有本事繼續找到便宜的寫手來吃下市場，這是個人的原則問題。但我覺得，寫廣編稿的報酬，大部分是拿來貼補被廣告業主羞辱的精神補償費，撰寫過程中，專業的部分其實不重要，讓業主開心，才是王道。

離開廣編稿撰寫的接案生涯之後，選擇安靜的文學寫作，這是非常不同的面向，兩邊可以提供的物質與精神回饋原本就不一樣，也因爲過去這段經歷，讓我特別喜愛部落格的「自由」。

部落格是掙脫傳統編輯管控的手段之一，我自己也寫平面刊物專欄，也當過雜誌編輯，深知編輯的痛苦。通常雜誌報紙邀人寫專欄，不管是月刊、週刊，總是要訂一個固定欄名，預先討論寫作面向，最好還要符合整本刊物或整個版面的調性。但是就寫作者而言，卻是非常痛苦的折磨，同一種主題要定期生產不同的篇章，還要注意不去得罪人，總是戰戰兢兢。但專欄寫作的稿酬也有像壹週刊一字十元的帝王蟹天價，還有一字二元、一字一元、一字八毛錢的字字血淚，但無論如何，那還是屬於文字有產值的模式，還不至於寫文章寫到倒臥稿紙咯血而死的悲涼（但現在應該是倒在電腦鍵盤上面吧）！

也因爲這樣，在傳統媒體寫作賺稿費之外，部落格就變成心靈療場，所有廣告業主、副刊雜誌編輯不准你寫的，不希望你寫的，所有字句之間斟酌再三如便秘的折磨，都要靠部落格大鳴大放來平衡，這就是部落格文章爲何讀來特別暢快淋漓的原因了。

所以，每個人寫部落格的理由都不同，以上嘮叨似的流水紀錄，大抵是我黏著部落格不放的主要原因。部落格書寫是我自己認爲最「舒適」的工作模式，因爲我討厭通勤，討厭開會，討厭加班，不擅長揣摩上司心意，雖然那些艱難的工作可以得到比較多的薪資報酬，但是因爲不爽或挫敗而多花費的ＫＴＶ、大餐、血拼和醫療費用支出也相對大增，因此，我覺得目前這種環境很適合我。

我的通勤路線是從床鋪到電腦，我跟工作夥伴溝通的管道是網路與E-mail，最過癮的是，我擁有自己的小型媒體，瀏覽率還行，可以自己決定今天頭條是啥，圖片放什麼，靠，我就是社長

兼總編輯啊，哇哈哈哈哈哈……（蹺腿得意自high中）～

可是，我對部落格置入性行銷廣告，卻有體質適應不良的問題。一開始，我很討厭網路廣告，不過在幾年之間，不管是傳統媒體還是網路生態都出現驚人的改變，讓我對部落格廣告也有一些新的想法。一開始嘗試在部落格邊欄放置廣告，但其實不太曉得如何去「經營」，雖然我也申請加入國際集團A廠商，還有新加入本土戰局的B廠商，大約掛了一個星期之後，就將這兩個廣告撤掉了。因爲A廠商的廣告回饋計算方式實在太摳門，根據統計報表估計，起碼要花五年才能達到他們可以請款的標準，最妙的是，他們只給美金支票，因爲想要領到那張支票的錢，還要另外付高額的手續費跟冗長的等待，我覺得報酬與等待都跟我提供他們版面的誠意差距太遠，就算放棄也沒啥好可惜的。另外的B廠商，不但計算公式不公開，老實說，每日回饋金也少得可憐，大概都只有幾毛錢，廣告分享計算公式已經是黑箱作業了，竟然還敢要讓他們抽兩成佣金，所以我也把這家廣告商踢出去了。

後來就只留下兩家網路代理商的廣告，雖然我的讀者還是不想點閱這些廣告，而且部落格流量大概也只能幫我賺取每天買一杯思樂冰或一個御飯糰（遇到週休，甚至連口香糖也買不起），但是請款容易，也不會賴帳。比較尷尬的是，這兩家公司聲音甜美的小姐每次打電話來問我願不願意幫他們寫廣告文，都不巧踢到鐵板，譬如邀我寫休旅車，但我不會開車，邀我寫隱形眼鏡，我又用不到，最近一次，是希望我可以幫忙寫TiVo，可是我又因爲沒使用過而婉拒。聲音甜美的小姐很快就死心掛掉電話，我根本來不及跟她說，我可以寫一篇麒麟啤酒啊，因爲我是啤酒鬼。

當然，信箱還是陸陸續續會出現一些網路廣告代理商的邀請函，什麼「睡覺也有人幫你賺錢」，還有一些莫名其妙就貼在留言版叫大家去下載什麼在家工作秘笈，也不知道是眞的還是騙人的，就暫且擱置。

每當媒體出現大裁員事件，我確實在那瞬間感受到部落格老骨頭的責任，開始積極鼓吹許多過往靠稿酬過活的朋友，考慮加入網路廣告機制。我認爲這個餅做大之後，廣告代理商比較有籌碼去跟客戶談價錢（當然也希望他們有足夠的良心去調整給部落客的回饋金），如果什麼都不做，不努力實驗出新的網路經濟模式，很怕當年的明日報夢魘又要出現。

寫到這裡，好像還沒講到重點。

我要說的是，其實支撐我每天起床之後，從床鋪爬到電腦前方的主要力量，就是在自己的部落格王國裡，過足一人總編輯的癮。

有一段時間，我會去Google Reader，也就是閱讀器，把訂閱的新文章讀一遍，然後藉由分享機制，把文章標題與連結抓到部落格右側邊欄；接著我會去查閱前一天的網路廣告報表，藉以警惕自己必須縮衣節食；然後要看一下YAHOO站長工具的流量統計，知道我的讀者眞的是廣大上班族，全部利用上班時間在看我的部落格；接下來要讀四份網路報紙，兩份電子版日本體育新聞，然後再到噗浪與推特、臉書等微網誌晃一晃，看看網路這些大小左派在關注什麼話題；另外還要盡量維持每週在部落格貼一篇文（有時太多嘴，也會爆量），包括發想，書寫，拍照，圖片後製，上稿等瑣碎的事情；另外還要花點時間去研究不斷竄出來的部落格工具，有時候也要修改版面，這些工作，大概要佔去大半天。如果手邊有稿子要寫，可能就會縮短部落格的時數，但內心又自戀地以爲讀者會因爲文章沒有更新而若有所失，說眞的，我覺得這部分的心態是自戀的成分居多，自己把自己制約了，讀者看不到新文章又不會怎樣。

當然，網路的新工具不斷出現，過去仰賴的Google Reader已經退位，靠Facebook或G+分享連結的速度更快，網路一路千里的演變，既無情又不拖泥帶水，往後有什麼神奇的工具出現了，工作模式也許就要跟著轉向。

在我的部落格王國裡，大概已經超越總編輯的職權，開始跨到行銷廣告組的領域了。但我希望持續找到更棒的利基，可以從部落格得到足夠的收入去支付生活所需，可以隨興書寫大鳴大放，而讀者可以在苦悶的職場中，免費閱讀或開心消費，雖然，按照目前的狀況看來，這些廣告回饋，還不夠付網路連線費用，有時候一個禮拜的收入還不如去麥當勞打工一小時，但值得努力啊！因爲我不想去上班，不想回到那種開會開到天荒地老的日子啊！

不貪求、多元收入、博覽知名理財書

蔡馬克成就不上班、在家投資賺錢的美麗夢想

資深不上班族專訪：

理財顧問蔡馬克

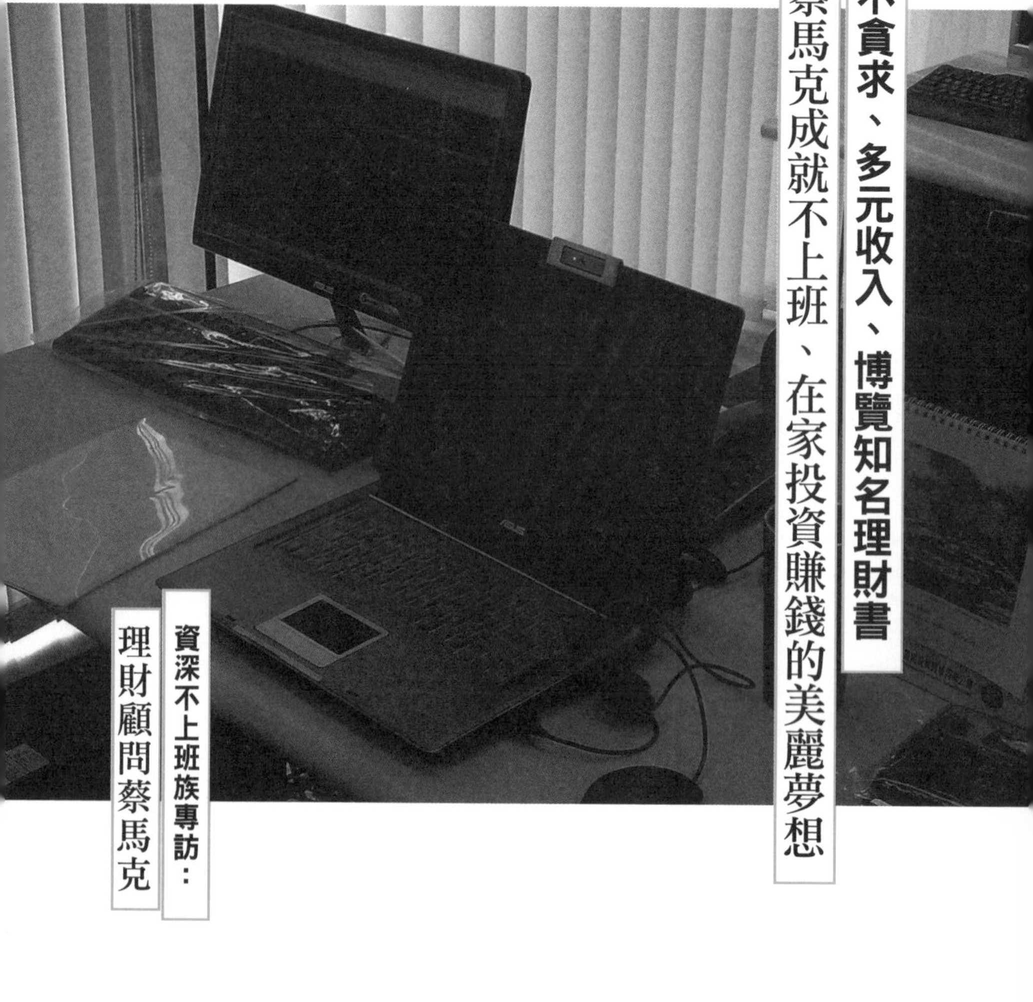

蔡馬克小檔案：

為了成為在家投資賺錢的「不上班族」，從離開金融業界的 6 年前，就開始為夢想實現的這天籌備。目前已達成目標，除了操盤及股利收益，房租也為收入來源，且每天僅需花 3 小時看盤，3 小時研究投資標的，揮別過去在職場中繃緊神經的緊張生活。

踏實築夢的黃金三「腳」

我是在公司宣布合併後才決定在家投資理財，成爲「不上班族」。事實上，在工作到第十年的時候就開始思考如果公司因故消失不見或是公司不需要我的話，我是否有能力成爲「不上班族」，從那時就開始努力準備這一天的到來。

爲能讓自己及家人放心迎接我成爲「不上班族」，我先預想失去固定薪資收入後，分析自己其他可能的收入來源。我將個人將收入分爲三支腳，第一支腳就是從股市投機操作中獲利，第二支腳則是股利收入，最後一支腳是租金收入，這三支腳組成比例是百分之四十，百分之三十及百分之三十。

成爲「不上班族」是很大的掙扎，一邊是固定不錯的薪水，但是法令不允許自己或家人擁有買賣投資上市上櫃股票的自由，另一方面是不被限制的投資自由，但是一切要靠自己的努力從股市投資獲利，在兩難下，我是基督徒，決定順從對人及對事都不欺騙的原則，不偷偷找人頭戶，不做對不起新公司老闆的事，相信上帝的帶領，決定離開工作十六年的環境與同事。

與其整天盯盤　不如思考如何找到好股票

開始成爲「不上班族」後，一天平均花費三~四小時看盤。盤中會一邊聽音樂，看雜誌。許多投資者在股市從開盤到收盤，總緊守在前。我的淺見是，與其一直盯著盤看，還倒不如思考怎麼找到好的穩定的股票來投資。爲保有投資敏銳度，一定要經常閱讀投資部落客的觀點或是財經雜誌。此外，我認爲越早知道自己的個性，越知道風險與報酬之間的平衡點，這不容易，但很重要，否則越想錢越容易賠錢，我只賺自己得到的錢，沒本事賺的，不強求。

回想當初的職場生活，雖是領穩定的薪水，但心理壓力非常大，常常緊繃神經，上頭一句話，自己很容易憋在心裡也無處發洩，除非是眞的很喜歡這個工作或是有更大的事業企圖心，否則只能說爲五斗米折腰。現在的生活當然彈性很大，可是做投資決定的時候會更謹愼，會想清楚損失的機率及可以忍耐的時間長度，畢竟只能靠自己，不比以前。

想成為不上班的投資族　請先讀遍市面上所有知名理財書

對於也想加入「不上班族」在家投資賺錢者，除非已經在股市投資一段滿久的時間，也有完整的賺過大錢，也賠過大錢經驗，不然不要輕易離開有固定薪水的工作崗位。如果眞是有心邁向靠股票交易投資養活一家人的這條路前進，建議將坊間知名的投資書籍讀過一遍之後（大概四、五十本，可以去借，不一定要買），再把其中有感覺的書再看第二遍或第三遍，或許能開始領略該怎麼做才能賺到錢，然後開始下場應用，小額投資，累積盤感，再慢慢形成自己的投資風格。這整個過程，或許需要耗費三到四年年甚至更久的時間。但這是必須的過程，因爲這麼做才踏實。

投資理財是每個人都必須了解的，更牽涉到個人及家庭當下及往後的生活規劃。因此，建議各位領到薪水時，不要隨便浪費，儘可能存錢，並多向職場上相對成功也謙虛的前輩請教工作及理財之道。從工作上得到的各項資源比自己瞎找要容易得多，同時也能結交到志同道合的朋友。至於投資理財上，簡單說，就是讓收入多元化，其中主動收入及被動收入，還是端看個人的職業特性及個人特質，參考坊間的書籍或雜誌，將能給予更全面、適切的建議。

投資實例參考

標的：南紡（1440）

選擇原因：

1. 台南幫統一集團旗下保守穩健公司
2. 過去兩三年每股盈餘雖少，但是自二〇一二年第二季後本業獲利逐步走高，顯示產品利潤已經獲得明顯改善，只要原物料價格穩定，本業獲利將可期（註1）
3. 紡織本業已移往越南等東南亞國家生產，台灣台南市東區四萬坪廠房已開始整地。
4. 台南市賴清德市長積極推動多面向市區改造更新計畫。

總合研判：

季別	營業收入	營業成本	營業毛利	毛利率	營業利益	營益率	業外收支	稅前淨利	稅後淨利	每股稅後淨利
2013.2Q	5,528	4,783	745	13.47%	429	7.76%	109	537	397	0.25
2013.1Q	5,107	4,450	657	12.87%	338	6.63%	94	432	335	0.21
2012.4Q	5,472	4,893	579	10.58%	251	4.59%	109	359	293	0.19
2012.3Q	5,535	4,962	573	10.36%	221	3.99%	20	241	185	0.12
2012.2Q	5,442	4,994	449	8.25%	106	1.94%	203	309	260	0.17
2012.1Q	5,401	5,196	205	3.79%	-119	-2.19%	-7	-126	-70	-0.04

註1：資料來源：永豐金證券好神通交易系統

南紡基本面從二〇一二年第二季就開始改善，至今年第二季向上趨勢並未改變，股價卻未見反應，此外土地資產開發已在第一季開始落實，應該可以吸引法人注意土地資產開發及基本面改善題材，因此保守規劃本次投資時間爲十二個月，預期包含股利之報酬率應不低於百分之三十。

實際交易心得：

由於本次南紡屬於穩定中長期價值型投資，不知股價何時發動，因此自四月份財務報表及股東會空窗期開始陸續布局等待，分別於4/26（$14.7），5/17（$14.8），5/20（$14.85）及9/23（$17）進場，其中9/23進場部位屬於投機交易，後於10/8（$22.35）全數出清，六個月投報率約45.2%。

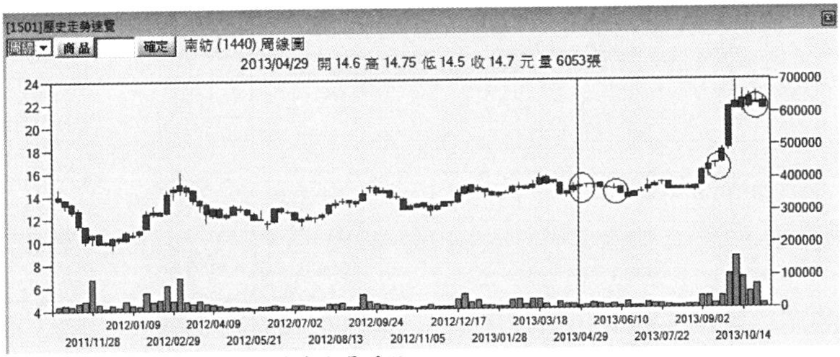

資料來源：元大寶來證券越是贏交易系統

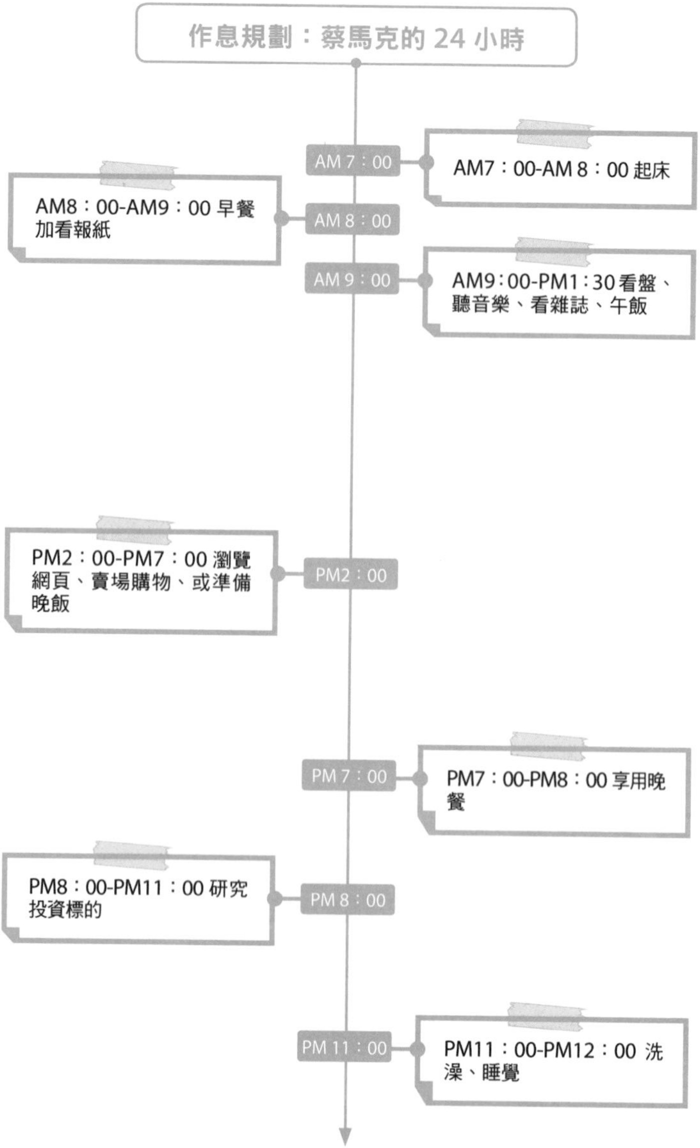
作息規劃：蔡馬克的 24 小時
AM 7：00
AM7：00-AM 8：00 起床
AM 8：00
AM8：00-AM9：00 早餐加看報紙
AM 9：00
AM9：00-PM1：30 看盤、聽音樂、看雜誌、午飯
PM2：00
PM2：00-PM7：00 瀏覽網頁、賣場購物、或準備晚飯
PM 7：00
PM7：00-PM8：00 享用晚餐
PM 8：00
PM8：00-PM11：00 研究投資標的
PM 11：00
PM11：00-PM12：00 洗澡、睡覺

推薦的財經雜誌、書籍或網站

1 書籍　《窮爸爸富爸爸》、《多空交易日誌》、《輕鬆滾出雪球股》、《散戶操盤必讀的一本書》

2 雜誌　《智富雜誌》、《今周刊》、《商業周刊》

3 網站　鉅亨網

不上班却沒餓死有限公司

13 年不上班 卻沒餓死的祕密

美麗田 134

米果／著

地址：10445 台北市中山北路二段 26 巷 2 樓 Web: http://www.titan3.com.tw

Email: titan3@ms22.hinet.net Fax: 02-2581-8761

Tel: 02-2562-1383

出版者：大田出版有限公司
台北市 10445 中山北路二段 26 巷 2 號 2 樓
E-mail：titan3@ms22.hinet.net http：//www.titan3.com.tw
編輯部專線：（02）25621383 傳真：（02）25818761
【如果您對本書或本出版公司有任何意見，歡迎來電】

總編輯：莊培園
副總編輯：蔡鳳儀 編輯：張家綺
行銷主任：張雅怡 行銷助理：高欣妤
封面設計：許晉維
美術設計：賴維明
校對：鄭秋燕 / 陳佩伶
初版：二〇一三年（民 102）十二月三十日 定價：260 元
印刷：上好印刷股份有限公司 (04)23150280
國際書碼：978-986-179-312-2 CIP：855/102020702

特別感謝：

接受本書採訪的五位不上班族及史丹利的熱情對談，他們在各個領域的專業態度與好奇精神，從米果的 13 年不上班，到這些工作者的採訪，讓本書更具豐富閱讀視野，這是我們想要送給讀者最真實的禮物。

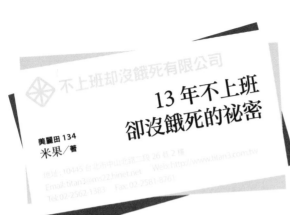

From：地址：

姓名：

廣　告　回　信
台北郵局登記證
台北廣字第01764號

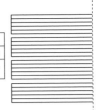

平　　信

To：**大田出版有限公司　（編輯部）收**

地址：台北市 10445 中山區中山北路二段 26 巷 2 號 2 樓

電話：（02）25621383　傳真：（02）25818761

E-mail：titan3@ms22.hinet.net

＊請沿虛線剪下，對摺裝訂寄回，謝謝！

大田精美小禮物等著你！

只要在回函卡背面留下正確的姓名、E-mail和聯絡地址，
並寄回大田出版社，
你有機會得到大田精美的小禮物！
得獎名單每雙月10日，
將公布於大田出版「編輯病」部落格，
請密切注意！

大田編輯病部落格：http：//titan3pixnet.net/blog/

智 慧 與 美 麗 的 許 諾 之 地

＊請沿虛線剪下，對摺裝訂寄回，謝謝！

讀 者 回 函

你可能是各種年齡、各種職業、各種學校、各種收入的代表，
這些社會身分雖然不重要，但是，我們希望在下一本書中也能找到你。

名字／______________ **性別**／□女 □男　**出生**／_______年______月______日

教育程度／

職業：□ 學生□ 教師□ 內勤職員□ 家庭主婦 □ SOHO 族□ 企業主管
□ 服務業□ 製造業□ 醫藥護理□ 軍警□ 資訊業□ 銷售業務
□ 其他 ____

E-mail/__________________________________ 電話／______________________

聯絡地址：

你如何發現這本書的？　**書名**：13 年不上班卻沒餓死的祕密

□書店閒逛時________書店 □不小心在網路書站看到（哪一家網路書店？）________

□朋友的男朋友(女朋友)灑狗血推薦 □大田電子報或編輯病部落格 □大田 FB 粉絲專頁

□部落格版主推薦 ____

□其他各種可能，是編輯沒想到的 ________________________________

你或許常常愛上新的咖啡廣告、新的偶像明星、新的衣服、新的香水……
但是，你怎麼愛上一本新書的？

□我覺得還滿便宜的啦！ □我被內容感動 □我對本書作者的作品有蒐集癖
□我最喜歡有贈品的書 □老實講「貴出版社」的整體包裝還滿合我意的 □以上皆非
□可能還有其他說法，請告訴我們你的說法

____

你一定有不同凡響的閱讀嗜好，請告訴我們：

□哲學 □心理學 □宗教 □自然生態 □流行趨勢 □醫療保健 □ 財經企管□ 史地□ 傳記
□ 文學□ 散文□ 原住民 □ 小說□ 親子叢書□ 休閒旅遊□ 其他 ________________

你對於紙本書以及電子書一起出版時，你會先選擇購買

□ 紙本書□ 電子書□ 其他____

如果本書出版電子版，你會購買嗎？

□ 會□ 不會□ 其他____

你認為電子書有哪些品項讓你想要購買？

□ 純文學小說□ 輕小說□ 圖文書□ 旅遊資訊□ 心理勵志□ 語言學習□ 美容保養
□ 服裝搭配□ 攝影□ 寵物□ 其他 __________________________________

請說出對本書的其他意見：

大田出版有限公司編輯部 感謝您！